I CLASSICI
Ritrovati

Collana diretta da Enrico De Luca

D0886400

JEAN WEBSTER

PAPÀ GAMBALUNGA

A cura di Enrico De Luca

Caravaggio
Editore

Papà Gambalunga di Jean Webster
Titolo originale: *Daddy-long-legs*
Edizione commentata a cura di Enrico De Luca
Traduzione integrale dall'inglese di Enrico De Luca e Miriam Chiaromonte

Copyright © 2019 **Caravaggio Editore**
Vasto (CH), Italy
www.caravaggioeditore.it
informazioni@caravaggioeditore.it

Collana Editoriale *I Classici Ritrovati* (Volume 4)

Prima edizione luglio 2019

ISBN 978-88-95437-91-0

INTRODUZIONE

Alice Jane Chandler Webster (1876-1916), meglio nota come Jean Webster,[1] iniziò a lavorare a *Daddy-Long-Legs* nello stesso anno in cui pubblicò *Just Patty* (1911),[2] concepito come prequel al suo primo romanzo apparso nel 1903 *When Patty went to College*.[3]

Oltre ai due titoli citati, aveva già pubblicato anche *The Wheat Princess* (1905), romanzo d'amore ambientato a Roma e sulle colline Sabine intorno al 1891, *Jerry Junior* (1907), sempre ambientato in Italia, sul lago di Garda,[4]

---

[1] Per notizie biobibliografiche sull'autrice cfr. A. e M. Simpson, *Jean Webster: Storyteller*, Poughkeepsie, Tymor Associates, 1984 e in italiano S. Staffolani, *C'è sempre il sole dietro le nuvole. Vita e opere di Jean Webster*, Roma, Flower-ed, 2018.

[2] Tradotto in Italia con i titoli *Studentesse d'oltre Oceano* (Salani 1954) e *Tre ragazze americane* (Fabbri 1968).

[3] Dopo un certo numero di rifiuti fu pubblicato da The Century Company, e vi si descrive la vita quotidiana in un college americano sul finire del XIX secolo.

[4] Le ambientazioni italiane e i riferimenti all'Italia, non circoscritti a un unico testo, prendono spunto dai numerosi viaggi che l'autrice fece nel nostro paese (cfr. S. Staffolani, *C'è sempre il sole dietro le nuvole. Vita e opere di Jean Webster*, cit., pp. 38-39 e pp. 44-48).

nei primi anni del XX secolo, il giallo *The Four Pools Mistery* (1908) e *Much Ado About Peter* (1909).[5]

Il suo più celebre romanzo – *Papà Gambalunga* – appartiene al genere epistolare e venne pubblicato a puntate dall'aprile al settembre del 1912 su *Ladies' Home Journal*[6] e in ottobre in volume presso Grosset & Dunlap, ottenendo rapidamente uno straordinario e duraturo successo.[7]

Protagonista è un'orfana di madre e di padre, Jerusha Abbott (Judy), la quale dopo lunghi anni di vita presso l'Istituto John Grier, grazie alla benevolenza di un misterioso benefattore (la ragazza ne ha solo intravisto

---

[5] Ottavo e ultimo romanzo è *Dear Enemy* (*Caro Nemico*) del 1915, sèguito di *Daddy-Long-Legs*, scritto sempre in forma epistolare con protagonista l'amica e compagna di stanza di Judy, Sallie McBride.

[6] Una delle più longeve riviste femminili americane, pubblicata a partire dal febbraio del 1883.

[7] Oltre alle traduzioni in moltissime lingue, ricordiamo almeno qualche adattamento: da quello teatrale del 1914 firmato dalla stessa autrice, a quelli cinematografici (la pellicola muta del 1919 diretta da Marshall Neilan con Mary Pickford; il film del 1931 diretto da Alfred Santell e interpretato da Ganet Gaynor; il film musicale *Curly Top* [*Riccioli d'oro*] del 1935 diretto da Irving Cummings con Shirley Temple; il musical del 1955 diretto da Jean Negulesco con Leslie Caron e Fred Astaire), all'anime giapponese del 1990 in 40 episodi prodotto dalla Nippon Animation (inserito nel progetto World Masterpiece Theater) e diretto da Kazuyoshi Yokota.

l'ombra sottile e deformata, proiettata sulla parete dai fari di un'automobile, che le ricorda un ragno gambalunga), riesce a studiare in un prestigioso college e a conquistare istruzione e indipendenza.

Dopo un capitolo introduttivo che prende il titolo dal tema di Jerusha, vale a dire *Un Deprimente Mercoledì*, segue una serie di lettere indirizzate all'ignoto filantropo, nelle quali Jerusha descrive la vita al college, gli studi, le letture,[8] le esperienze, le amiche ecc. In tal modo il lettore, attraverso queste epistole di varia lunghezza e dalla scrittura semplice e confidenziale, assiste alla crescita e alla maturazione della giovane donna nel corso degli anni.

Il termine «daddy-long-legs» usato nel titolo, che designa un tipo di ragno dal corpo piccolo e dalle zampe molto lunghe e il cui utilizzo non è registrato prima del 1865, lo troviamo citato nel capitolo XI di *Piccole Donne* (1868): «As no one appeared but an inquisitive daddy-long-legs, who examined her work with interest [...]»;[9] si è pensato di rendere il titolo del romanzo al singolare perché questa specie di ragno appartenente alla famiglia delle *Pholcidæ*, conosciuto nel

---

[8] In due delle prime missive (vd. pp. 49-51 e p. 63) Jerusha elenca una serie di titoli di romanzi noti a tutte le altre ragazze e che ha intenzione di leggere, cercando di colmare in parte la sua profonda ignoranza.

[9] [Non apparve nessuno, se non un curioso papà gambalunga, che esaminò il suo lavoro con interesse].

nostro paese anche come ragno ballerino, è noto in italiano come Ragno Gambalunga.

In tutte le versioni italiane del romanzo ho rinvenuto adattamenti e in alcuni casi tagli considerevoli (per es. quello del componimento poetico di Emily Dickinson), apportati forse per meglio confezionare un testo che potesse essere fruibile da un pubblico di giovanissimi lettori.[10] Tuttavia, come in altri numerosi e noti casi letterari, *Daddy-Long-Legs* non è stato concepito con il precipuo intento di essere letto da quella fascia di lettori.

Il testo sul quale si basa la presente traduzione è quello della prima edizione (1912), raffrontato con l'edizione del 1915 e corretto da alcuni errori tipografici, ed è stato tradotto integralmente con comuni intendimenti dal sottoscritto e da Miriam Chiaromonte. Si è cercato il più possibile di rispettare stile, sintassi,

[10] J. Webster, *Papà Gambalunga. Storia di una ragazza americana*, trad. L. Toni, Firenze, Le Monnier, 1921 e sgg. (identica traduzione per Bemporad & F. 1930 e sgg. e Marzocco 1940 e sgg.); Ead., *Papà Gambalunga*, Milano, Baldini & Castoldi, 1956; Ead., *Papà Gambalunga*, trad. G. Cavallotti, Milano, Cavallotti Editore, 1953 (riproposta nelle edizioni AMZ 1961 e sgg. e da De Agostini); Ead., *Papà Gambalunga*, trad. L. M. Puglise, Milano, Fabbri, 1957 e sgg.; Ead., *Papà Gambalunga*, trad. Ines Gnoli Lanzetta Bergamo, Janus, 1972; Ead., *Papà Gambalunga*, Milano, RBI, 1972 e sgg.; Ead., *Papà Gambalunga*, trad. L. Fontana, Milano, De Agostini, 1989 e sgg.; Ead., *Papà Gambalunga*, trad. I. Isaia, s.l., Il gatto e la luna, 2011.

interpunzione dell'autrice, limitandoci ad ammodernare l'uso delle maiuscole laddove abbiamo ritenuto opportuno farlo.

Enrico De Luca

Desidero ringraziare Romina Angelici, Matteo Zanini e Sara Staffolani per aver letto con attenzione le bozze.

JEAN WEBSTER

PAPÀ GAMBALUNGA

A TE

«UN DEPRIMENTE MERCOLEDÌ»[1]

Il primo mercoledì di ogni mese era un Giorno Davvero Terribile... un giorno atteso con timore, da sopportare con coraggio e da dimenticare in fretta. Ogni pavimento doveva essere senza una macchia, ogni sedia senza un granello di polvere, e ogni letto senza una grinza. Novantasette orfanelli agitati dovevano essere strofinati e pettinati e rivestiti con abiti di percalle a quadretti appena inamidati; e a tutti e novantasette bisognava ricordare le buone maniere, e dir loro di rispondere: «Sì, signore», «No, signore», ogniqualvolta un Benefattore gli avesse rivolto la parola.

Era un momento angosciante; e la povera Jerusha Abbott, l'orfana più grande, doveva farne le spese. Tuttavia questo particolare primo mercoledì, come i suoi precedenti, finalmente giunse pian piano a termine. Jerusha fuggì dalla dispensa, dove stava preparando i tramezzini[2] per gli ospiti dell'istituto, e si diresse al piano di sopra per svolgere le sue mansioni abituali. Il suo compito era occuparsi della camera F, dove undici marmocchietti, dai quattro ai sette anni, occupavano undici lettini posti in fila.

---

[1] *Blue Wednesday* nel testo inglese.
[2] *sandwiches* c.s.

Jerusha raggruppò i bambini a lei affidati, lisciò i loro vestiti sgualciti, pulì i loro nasi, e li guidò in una fila indiana ordinata verso il refettorio per impegnarli per una lieta mezz'ora con pane, latte e pudding di prugne.[3]

Poi si lasciò cadere sulla seduta della finestra[4] e appoggiò le tempie pulsanti contro il vetro freddo. Era in piedi dalle cinque del mattino, eseguendo gli ordini di tutti, rimproverata e sollecitata da una nervosa direttrice. La signora Lippett, dietro le quinte, non sempre manteneva quella calma e quella altezzosa solennità con la quale affrontava un pubblico di Benefattori e di visitatrici.[5] Jerusha guardò fuori attraverso un'ampia distesa di prato ghiacciato, oltre l'alto recinto di ferro che definiva i confini dell'istituto, lungo ondulati crinali cosparsi di tenute agricole, fino alle guglie di un paese che s'innalzavano in mezzo agli alberi spogli.

La giornata era terminata… in modo abbastanza soddisfacente, per quanto ne sapesse. I Benefattori e il comitato in visita avevano fatto il loro giro d'ispezione, e avevano letto i loro resoconti, e bevuto il tè, e ora si

---

[3] In questo caso si fa riferimento alla versione dolce della nota specialità alimentare dei paesi anglofoni, una sorta di budino molto diffuso negli Stati Uniti.

[4] *window seat* nel testo inglese; non si tratta di una sedia posta vicino alla finestra, ma proprio della seduta della quale molte finestre erano provviste.

[5] *lady visitors* c.s.; sono le dame di carità che periodicamente usavano far visita all'istituto.

affrettavano a tornare a casa presso i loro felici focolari, a dimenticare per un altro mese i piccoli bambini noiosi affidati loro. Jerusha si piegò in avanti per guardare con curiosità – e con una punta di invidia – il flusso di carrozze e automobili che uscivano dai cancelli dell'istituto. Con l'immaginazione seguì prima l'equipaggio di una carrozza poi un altro fino alle grandi case che costellavano il pendio della collina. Si immaginava in un cappotto di pelliccia e con un cappello di velluto ornato di piume, appoggiata sul sedile e mentre mormorava con nonchalance all'autista: «A casa». Ma sulla soglia di casa l'immagine iniziava a sfocarsi.

Jerusha aveva una tale fantasia – una capacità immaginativa, la signora Lippett le diceva, che l'avrebbe messa nei guai se non avesse fatto attenzione – ma pur essendo spiccata, non la portava al di là del porticato principale delle case in cui avrebbe desiderato entrare. Povera, desiderosa, avventurosa piccola Jerusha, in tutti i suoi diciassette anni non era mai entrata all'interno di una casa normale; non era in grado di immaginare la routine quotidiana degli altri esseri umani che continuavano a vivere senza essere disturbati dagli orfani.

Je-ru-sha Ab-bott
Sei de-si-de-ra-ta
Nell'uf-fi-cio,
E credo che faresti
Meglio a spicciarti!

Tommy Dillon, che si era unito al coro, giunse cantando sulle scale e in fondo al corridoio, il suo canto diventava sempre più forte mentre si avvicinava alla stanza F. Jerusha si staccò bruscamente dalla finestra e ritornò ad affrontare le difficoltà della vita.

«Chi mi cerca?» irruppe all'interno del canto di Tommy con una nota di forte ansia.

> La signora Lippett nell'ufficio,
> E penso sia nervosa.
> Ah-a-men!

Tommy intonò in modo pio, ma il suo accento non era del tutto malizioso. Anche il piccolo orfano più insensibile provava simpatia per una sorella colpevole che era stata convocata nell'ufficio della direttrice; e a Tommy piaceva Jerusha, anche se qualche volta lei lo strattonava per il braccio e quasi gli strappava il naso.[6]

Jerusha si avviò senza commentare, ma con due rette parallele al posto delle sopracciglia. Cosa poteva essere andato storto, si domandava. I tramezzini non erano abbastanza sottili? C'erano pezzi di gusci nelle torte alle nocciole? Qualche visitatrice aveva visto il buco nel calzino di Susie Hawthorn? Uno degli angelici bimbetti della stanza F – O che orrore! – si "era mostrato impertinente" con un Benefattore?

---

[6] Cioè quando glielo puliva con forza.

La lunga stanza al pianoterra non era stata illuminata, e mentre andava al piano di sotto, un ultimo Benefattore si trovava, sul punto di ripartire, sulla porta aperta che portava alla corte.[7] Jerusha ebbe solo una fugace visione dell'uomo... e la visione consisteva interamente nell'altezza. Egli stava agitando il braccio verso un'automobile che era in attesa nella curva del vialetto. Appena si mise in moto e fu vicina, per un attimo, gli accecanti fari proiettarono nitidamente la sua ombra contro il muro interno. L'ombra mostrava delle gambe e delle braccia mostruosamente allungate che correvano lungo il pavimento e sulla parete del corridoio. Sembrava, davvero, un enorme, gesticolante papà gambalunga.[8]

L'ansioso broncio di Jerusha si trasformò in una breve risata. Era per natura uno spirito solare, e coglieva sempre la più piccola scusa per rallegrarsi. Se si poteva trarre una qualche forma di divertimento dall'opprimente faccenda di un Benefattore, era qualcosa di inaspettatamente buono. Avanzò verso l'ufficio abbastanza rallegrata da quel piccolo episodio, e presentò alla signora Lippett un viso sorridente. Con sua sorpresa anche la direttrice era, se non proprio sorridente, per lo meno affabile in maniera apprezzabile; mostrava un'espressione quasi compiaciuta come quella che riservava ai visitatori.

«Siediti, Jerusha, ho una cosa di cui parlarti.»

---

[7] *porte-cochère* nel testo inglese.

[8] Sull'uso del singolare invece del plurale (*daddy-long-legs*) per designare questi ragni, cfr. l'Introduzione, pp. 7-8

Jerusha si lasciò cadere sulla sedia più vicina e attese con un po' di affanno. Un'automobile sfrecciò vicino alla finestra; la signora Lippett le diede una rapida occhiata.

«Hai notato il gentiluomo che è appena andato via?»

«L'ho visto di spalle.»

«È uno dei nostri Benefattori più facoltosi, e ha elargito grandi somme di denaro per il sostegno dell'istituto. Non mi è concesso di menzionarti il suo nome; egli ha espressamente posto la condizione di voler rimanere anonimo.»

Gli occhi di Jerusha si spalancarono leggermente; non era abituata a essere convocata nell'ufficio per parlare con la direttrice delle eccentricità dei Benefattori.

«Questo gentiluomo si è interessato a diversi dei nostri ragazzi. Ti ricordi di Charles Benton e Henry Freize? Sono stati mandati entrambi al college dal signor... ehm... da questo Benefattore, ed entrambi hanno ripagato con duro lavoro e successo il denaro che ha generosamente investito. Non desidera essere ripagato in altro modo. Finora la sua filantropia è stata diretta esclusivamente ai ragazzi; non ho avuto minimamente modo di indirizzare il suo interesse verso una delle ragazze dell'istituto, non importa quanto lo meritassero. Egli, ti dirò, non si cura delle ragazze.»

«No, signora», mormorò Jerusha, dal momento che a quel punto una risposta sembrava essere attesa.

«Oggi durante la consueta riunione, è stata sollevata la questione inerente al tuo futuro.»

La signora Lippett rimase un momento in silenzio, poi riprese in maniera lenta e calma, mettendo alla prova in maniera estrema i nervi improvvisamente irrigiditi della sua ascoltatrice.

«Di solito, come sai, i bambini non rimangono oltre i sedici anni, ma è stata fatta un'eccezione nel tuo caso. Hai terminato la nostra scuola a quattordici anni, ed essendo andata molto bene nei tuoi studi – non sempre, lo devo ammettere, nella condotta – si è deciso di farti continuare nella scuola superiore del paese. Ora la stai terminando, e di certo quest'istituto non può più essere responsabile del tuo sostentamento. Dunque, vi sei rimasta due anni in più del dovuto.»

La signora Lippett non menzionò il fatto che Jerusha aveva lavorato duramente per il suo vitto in quei due anni, tanto che la convenienza dell'istituto era venuta per prima e la sua educazione in secondo piano; tanto che, nei giorni come quello odierno, era costretta a casa a pulire a fondo.

«Come ho detto, la questione inerente al tuo futuro è stata sollevata e la tua documentazione è stata discussa... discussa a fondo.»

La signora Lippett rivolse occhi accusatori per influenzare la detenuta al banco degli imputati, e la detenuta appariva colpevole perché sembrava che così ci si aspettasse da lei... non perché ricordasse qualche pagina particolarmente nera nella sua documentazione.

«Di certo il destino normale di una nella tua condizione sarebbe stato di metterti in una posizione in cui potevi iniziare a lavorare, ma sei andata bene a scuola in alcune materie; sembra che il tuo elaborato in inglese fosse brillante. La signorina Pritchard, che fa parte del comitato in visita, è membro anche del consiglio scolastico; ha parlato con la tua insegnante di retorica, e ha messo una buona parola in tuo favore. Ha perfino letto ad alta voce un tema che hai scritto, dal titolo: *Un Deprimente Mercoledì*.»

L'espressione colpevole di Jerusha questa volta non andava immaginata.

«Mi sembra che tu abbia mostrato poca gratitudine nel mettere in ridicolo l'istituzione che ha fatto così tanto per te. Se non avessi cercato di essere spiritosa, dubito che saresti stata perdonata. Ma fortunatamente per te, il signor..., ecco, il gentiluomo che è appena andato via... sembra avere uno spiccato senso dell'umorismo. Grazie a quel tema impertinente, si è offerto di mandarti al college.»

«Al college?» gli occhi di Jerusha si spalancarono.

La signora Lippett annuì.

«Si è fermato per discuterne le condizioni con me. Sono inusuali. Il gentiluomo, oserei dire, è stravagante. Crede che tu abbia originalità, e ha in programma di farti studiare per diventare una scrittrice.»

«Una scrittrice?» la mente di Jerusha era annebbiata. Poteva solo limitarsi a ripetere le parole della signora Lippett.

«Questo è il suo desiderio. Se ne deriverà qualcosa di buono, il futuro ce lo mostrerà. Ti darà anche uno stipendio assai generoso, anzi, per una ragazza che non ha mai avuto esperienza nel gestire soldi, fin troppo generoso. Ma ha pianificato la faccenda nei dettagli, e non mi sono sentita libera di dare suggerimenti. Dovrai rimanere qui per tutta l'estate, e la signorina Pritchard si è gentilmente offerta di sovrintendere alla tua preparazione. L'alloggio e la retta verranno versati direttamente al college, e durante i quattro anni in cui starai lì riceverai in aggiunta uno stipendio di trentacinque dollari al mese. Ciò ti permetterà di entrare nella stessa condizione delle altre studentesse. Il denaro ti sarà spedito tramite il segretario personale del gentiluomo una volta al mese, e in cambio dovrai scrivere una lettera di riconoscimento ogni mese. Cioè ... non lo devi ringraziare per il denaro; non gli importa che sia fatta menzione di ciò, ma devi scrivere una lettera per raccontargli dei tuoi progressi negli studi e dei dettagli della vita di tutti i giorni. Come una lettera che invieresti ai tuoi genitori, se fossero ancora vivi.

«Queste lettere saranno indirizzate al signor John Smith e spedite all'attenzione del segretario. Il nome del gentiluomo non è John Smith, ma preferisce rimanere anonimo. Per te non sarà altro che John Smith. La ragione per cui richiede le lettere è che pensa che niente faciliti l'espressione letteraria quanto la scrittura di lettere. Dal momento che non hai una famiglia con la quale corrispondere, desidera essere al corrente dei tuoi progressi. Non risponderà mai alle tue lettere, non vi presterà nemmeno la minima attenzione. Detesta la corrispondenza, e non vuole che tu diventi un peso. Se dovesse sorgere qualche problema per il quale una risposta si rendesse necessaria – come nel caso di una tua espulsione, cosa che confido non si verificherà – dovrai corrispondere con il signor Griggs, il suo segretario. Queste lettere mensili sono del tutto obbligatorie da parte tua; sono l'unica ricompensa che il signor Smith richiede, dunque dovrai essere meticolosa nel mandargliele come se fosse una tassa da pagare. Spero che saranno sempre rispettose nel tono e che rifletteranno il prestigio della tua formazione. Devi ricordare che stai scrivendo a un Benefattore dell'Istituto John Grier.»

Gli occhi di Jerusha cercarono ardentemente la porta. La sua testa era un turbinio di eccitazione, e desiderava solo scappare dalle banalità della signora Lippett, e riflettere. Si alzò e fece un tentativo di arretrare. La signora Lippett la trattenne con un cenno; era un'opportunità oratoria alla quale non si poteva fare un affronto.

«Confido che tu sia adeguatamente grata di questa rara enorme fortuna che ti è capitata. Non molte ragazze nella tua condizione hanno avuto quest'opportunità di elevarsi nel mondo. Devi sempre ricordare ... »

«Io… sì, signora, grazie. Penso, se è tutto, di dover andare a cucire uno strappo sui pantaloni di Freddie Perkins.»

La porta si chiuse dietro di lei, e la signora Lippett la guardò a bocca aperta, mentre il suo discorso era rimasto in sospeso.

LE LETTERE DELLA SIGNORINA JERUSHA ABBOTT

al

SIGNOR PAPÀ GAMBALUNGA SMITH

24 settembre

*Caro Gentile-Benefattore-Che-Manda-Gli-Orfani-al-
College,*

Eccomi qui! Ieri ho viaggiato per quattro ore su un
treno. È una sensazione strana, non trovate? Non c'ero
mai salita prima.

Il college è il più grande, il più stupefacente posto
ch'io abbia mai visto... mi perdo ogniqualvolta lascio la
mia stanza. Ve ne fornirò una descrizione in seguito,
quando mi sentirò meno confusa; vi parlerò anche delle
mie lezioni. I corsi non iniziano prima di lunedì mattina,
e ora è sabato sera. Ma per prima cosa volevo scrivervi
una lettera per fare conoscenza.

Sembra strano scrivere lettere a qualcuno che non si
conosce. Sembra strano per me proprio scrivere lettere... non ne ho mai scritte più di tre o quattro nella mia
vita, quindi vi prego di perdonarmi se queste non sono
perfette.

Prima di andare via ieri mattina, la signora Lippett e
io abbiamo affrontato un discorso molto serio. Mi ha
suggerito come comportarmi per tutto il resto della mia
vita, e soprattutto come comportarmi nei confronti del

cortese gentiluomo che sta facendo così tanto per me. Devo fare attenzione a essere Molto Rispettosa.

Ma come si può essere molto rispettosa nei confronti di una persona che desidera essere chiamata John Smith? Perché non avete scelto un nome con un po' più di personalità? Potrei anche scrivere lettere al Caro Fermo Posta o al Caro Stendino del Bucato.[1]

Vi ho pensato moltissimo quest'estate; avere qualcuno che si interessa a me dopo tutti questi anni, mi fa sentire come se avessi trovato una sorta di famiglia. Sembra come se ora appartenessi a qualcuno, ed è davvero una sensazione piacevole. Devo dirvi, comunque, che quando penso a voi, la mia immaginazione ha ben poco su cui lavorare. Ci sono solo tre cose che so:

    I.   Siete alto.

    II.   Siete ricco.

    III.   Odiate le ragazze.

Magari potrei chiamarvi Caro Signor Odiatore di Ragazze. Ma sarebbe una sorta di insulto per me. Oppure Caro Signor Riccone, ma sarebbe offensivo per voi, come se la cosa più rilevante in voi fossero i soldi. Inoltre, essere ricchi è una qualità talmente esteriore. Forse non sarete ricco per tutta la vita; molti uomini assai intelligenti sono stati rovinati a Wall Street.[2] Ma almeno potrete rimanere alto per tutta la vita! Quindi ho deciso di chiamarvi Caro Papà Gambalunga. Spero non vi dispiaccia. È solo

---

[1] *Hitching-Post* e *Clothes-Pole* nel testo inglese.

[2] Cioè dai crolli monetari.

un nomignolo confidenziale... non lo diremo alla signora Lippett.

La campana delle dieci suonerà tra due minuti. La nostra giornata viene scandita dalle campane. Mangiamo e dormiamo e studiamo al suono delle campane. È davvero eccitante; mi sento continuamente come un cavallo di un impianto antincendio.[3] Eccola che suona! Luci spente. Buona notte.

Notate con quanta precisione obbedisco alle regole... è dovuto al mio allenamento nell'Istituto John Grier.

Rispettosamente vostra,
JERUSHA ABBOTT

Al signor Papà Gambalunga Smith

---

[3] *fire horse* nel testo inglese; cioè pronto a scattare al primo segnale di richiesta d'aiuto come un cavallo da pompieri.

1 ottobre

Caro Papà Gambalunga,

Adoro il college e adoro il fatto che voi mi ci avete mandata... sono davvero, *davvero* felice, e talmente eccitata in ogni momento della giornata che a stento riesco a riposare. Non potete immaginare quanto sia diverso dall'Istituto John Grier. Non avrei mai pensato che ci fosse un posto simile al mondo. Mi dispiace per chiunque non sia una ragazza e non possa venire qui; sono sicura che il college che avete frequentato voi quando eravate un ragazzo non poteva essere così bello.

La mia stanza è in cima a una torre che un tempo era un reparto per le malattie infettive prima che costruissero una nuova infermeria. Ci sono altre tre ragazze sullo stesso piano della torre... una Studentessa dell'ultimo anno[4] che indossa gli occhiali e che ci chiede continuamente di fare per piacere un po' più di silenzio, e due Matricole[5] che si chiamano Sallie McBride e Julia Rutledge Pendleton. Sallie ha i capelli rossi e un naso all'insù ed è abbastanza amichevole; Julia appartiene a una delle

[4] *Senior* nel testo inglese; cioè iscritta all'ultimo anno.
[5] *Freshmen* c.s.

32

migliori famiglie di New York e non mi ha ancora degnata di uno sguardo. Alloggiano nella stessa stanza, mentre io e la Studentessa dell'ultimo anno abbiamo la camera singola. Solitamente le Matricole non ottengono le camere singole; sono davvero limitate, ma a me ne hanno assegnata una senza che la chiedessi. Suppongo che il segretario non pensasse fosse opportuno chiedere a una ragazza adeguatamente educata di stare in camera con una trovatella. Vedete, ci sono dei vantaggi!

La mia stanza si trova nell'angolo a nord-est con due finestre con vista. Dopo aver vissuto in una camerata per diciotto anni con venti compagne di stanza, è rilassante stare da sola. Questa è la prima occasione di conoscere Jerusha Abbott. Penso che mi piacerà.

E voi pensate che vi piacerà?

Martedì

Stanno organizzando la squadra di pallacanestro delle Matricole e ho solo una possibilità di farcela. Di certo sono bassa, ma estremamente veloce e atletica e resistente. Mentre le altre stanno saltando in aria, io posso destreggiarmi sotto i loro piedi e afferrare la palla. È un allenamento molto divertente... fuori, nel campo di ginnastica, di pomeriggio con gli alberi rossi e gialli e l'aria piena dell'odore di foglie bruciate, e tutti che ridono e urlano. Queste sono le ragazze più felici che io abbia mai visto... e io sono la più felice di tutte!

Volevo scrivervi una lunga lettera e raccontarvi tutte le cose che sto imparando (la signora Lippett aveva detto che lo volevate sapere) ma è appena suonata la settima ora, e tra dieci minuti devo essere sul campo di atletica con la divisa da ginnastica. Non sperate che riesca a entrare nella squadra?

Sempre vostra,
JERUSHA ABBOTT

P.S. (ore 21)

Sallie McBride ha appena fatto capolino alla mia porta. Questo è ciò che ha detto:

«Mi manca talmente tanto casa che non ce la faccio più. Ti senti anche tu così?»

Ho sorriso un po' e le ho detto di no, che pensavo di potercela fare. Perlomeno avere nostalgia di casa è una delle patologie a cui sono sfuggita! Non ho mai sentito che qualcuno avesse nostalgia di un orfanotrofio, e voi?

10 ottobre

Caro Papà Gambalunga,

Avete mai sentito parlare di Michelangelo?[6]

È stato un famoso artista vissuto in Italia nel Medioevo.[7] Al corso di Letteratura Inglese sembrava che tutte lo conoscessero e tutta la classe ha riso perché io pensavo fosse un arcangelo. Sembra il nome di un arcangelo, vero? Il problema con il college è che si aspettano che tu sappia molte cose che tu non hai mai imparato. Talvolta è molto imbarazzante. Ma ora, quando le ragazze parlano di cose di cui non ho mai sentito parlare, rimango semplicemente in silenzio e vado a cercarle sull'enciclopedia.

Ho compiuto un terribile errore durante il primo giorno. Qualcuno ha menzionato Maurice Maeterlinck,[8] e io ho chiesto se fosse una Matricola. Questa

---

[6] *Micheal Angelo* nel testo inglese.

[7] La conclusione del Medioevo registra date diverse da paese a paese, e può essere protratta fino al 1543, anno della pubblicazione del *De revolutionibus orbium coelestium* di Niccolò Copernico.

[8] Maurice Maeterlinck (1862-1949) è un poeta, drammaturgo e saggista belga, premio Nobel per la letteratura nel 1911.

storiella ha fatto il giro del college. Ma comunque, sono intelligente come le altre in classe... e più intelligente di alcune di loro!

V'interessa sapere come ho arredato la mia camera? È una sinfonia di marrone e di giallo. Le pareti erano tinteggiate di marrone chiaro, e ho acquistato delle tende e dei cuscini gialli di un cotone pesante e una scrivania in mogano (di seconda mano per tre dollari) e una sedia impagliata e un tappeto marrone con una macchia di inchiostro nel mezzo. Ho piazzato la sedia sopra la macchia.

Le finestre sono molto in alto; non puoi affacciarti da una normale seduta. Ma ho svitato lo specchio posto sul comò, ne ho appeso la parte superiore, e quella inferiore l'ho spostata di fronte alla finestra. È proprio la giusta altezza per la seduta di una finestra. Estrai i cassetti per farne dei gradini e ti arrampichi. Davvero piacevole!

Sallie McBride mi ha aiutata a scegliere qualcosa per l'asta delle Studentesse dell'ultimo anno. Ha vissuto in una casa per tutta la sua vita e ora sa tutto di arredamento. Non potete immaginare quanto sia divertente comprare e pagare con una vera banconota da cinque dollari e avere indietro il resto... quando non hai mai avuto più di un nichelino[9] nella tua vita. Vi assicuro, caro Papà, che apprezzo davvero questo stipendio.[10]

Sallie è la persona più divertente del mondo... e Julia Rutledge Pendleton la meno simpatica. È strano

---

[9] Moneta da 5 centesimi di dollaro.
[10] Si riferisce ovviamente alla paga mensile.

l'assortimento che un segretario può creare in termini di compagni di stanza. Sallie pensa che tutto sia divertente – perfino la bocciatura – e Julia è annoiata da tutto. Non fa nemmeno il minimo sforzo per essere affabile. Crede che solo il fatto di essere una Pendleton, ti apra l'accesso al paradiso senza un ulteriore riesame. Io e Julia siamo nate per essere nemiche.

E ora suppongo che voi stiate aspettando impazientemente di sentire cosa sto imparando, vero?

I. *Latino*: Seconda Guerra Punica. Annibale e le sue forze armate hanno posto l'accampamento sul Lago Trasimeno la scorsa notte. Hanno preparato un'imboscata ai Romani, e la battaglia si è svolta durante il quarto turno di guardia di questa mattina. I Romani sono in ritirata.

II. *Francese*: 24 pagine dei *Tre Moschettieri*[11] e la terza coniugazione, i verbi irregolari.

III. *Geometria*: Finiti i cilindri; ora stiamo facendo i coni.

IV. *Inglese*: Stiamo studiando la composizione. Il mio stile migliora giorno dopo giorno in chiarezza e brevità.

V. *Fisiologia*: Abbiamo raggiunto l'apparato digestivo. Bile e pancreas la prossima volta.

Vostra, sulla via di essere istruita,
JERUSHA ABBOTT

[11] Uno dei più celebri romanzi francesi d'appendice, scritto da Alexander Dumas padre (1802-1870) con la collaborazione di August Maquet e pubblicato a puntate nel 1844 su *Le Siècle*.

P.S. Spero che voi non toccherete mai l'alcool, eh Papà? Fa cose terribili al vostro fegato.

Mercoledì

Caro Papà Gambalunga,

Ho cambiato nome.

Sono sempre «Jerusha» sull'elenco, ma altrove sono «Judy». Non è tanto bello, vero, assegnarsi l'unico nomignolo che si è mai avuto? Tuttavia, non ho del tutto inventato il nome Judy. È il modo in cui Freddie Perkins era solito chiamarmi prima che mi potesse parlare in modo chiaro.

Vorrei che la signora Lippett usasse un po' più di inventiva nello scegliere i nomi dei bambini. Trae i cognomi dall'elenco telefonico – troverete Abbott sulla prima pagina – e ricava i nomi di battesimo da qualunque cosa; ha trovato Jerusha su una lapide. L'ho sempre odiato; ma Judy mi piace abbastanza. È un nome così sciocco. Appartiene a quel genere di ragazza che io non sono... una dolce piccolina dagli occhi azzurri, coccolata e viziata da tutta la famiglia, che si diverte senza pensieri per tutta la vita. Non sarebbe bello essere come lei? Posso avere qualunque difetto, ma nessuno potrà accusarmi di essere stata viziata dalla mia famiglia! Ma è come se mi divertisse fingere di esserlo stata. In futuro per favore rivolgetevi a me come Judy.

Volete sapere una cosa? Ho tre paia di guanti di pelle di capretto. Una volta ho ricevuto sotto l'albero di Natale delle muffole di pelle di capretto, ma non ho mai avuto dei guanti di pelle di capretto con cinque dita. Li tiro fuori e li indosso in continuazione. L'unica cosa che non posso fare è indossarli in classe.

(Campana della cena. Arrivederci).

Venerdì

Che ne pensate, Papà? L'insegnante di inglese ha detto che il mio ultimo tema mostra un'insolita dose di originalità. L'ha detto, veramente. Queste sono state le sue parole. Non sembra possibile, considerando i diciotto anni di istruzione che ho avuto, vero? Lo scopo dell'Istituto John Grier (come voi indubbiamente sapete e caldamente approvate) è di trasformare novantasette orfani in novantasette gemelli. L'insolita abilità artistica che esibisco l'ho sviluppata in giovane età grazie al disegno di ritratti con il gesso della signora Lippett sulla porta della legnaia.

Spero di non ferire i vostri sentimenti quando critico l'istituto della mia infanzia. Ma voi avete la situazione in pugno, sapete, perché se divento troppo impertinente, potete sempre bloccare i pagamenti sul vostro conto. Non è una cosa molto cortese da dire… ma non vi potete aspettare da me buone maniere; un istituto per trovatelli non è la scuola migliore per le giovani donne.

ORFANA QUALSIASI

Vista da Dietro   Vista Davanti

Sapete, Papà, non è lo studio che sta per diventare arduo al college. È il tempo libero. Durante la metà del tempo non comprendo di cosa le ragazze stiano parlando; i loro scherzi sembrano collegati a un passato che tutte tranne me hanno condiviso. Sono una straniera nel mondo e non capisco la loro lingua. È una sensazione avvilente. L'ho provata per tutta la mia vita. Alla scuola superiore le ragazze stavano in gruppo e mi fissavano. Ero strana e diversa e tutti lo sapevano. Potevo *sentire* scritto sul viso «Istituto John Grier.» E poi alcune persone caritatevoli insistevano nel venire vicino a me e a dirmi qualcosa di gentile. *Ho odiato ognuna di loro...* soprattutto quelle caritatevoli.

Qui nessuna sa che sono stata cresciuta in un orfanotrofio. Ho detto a Sallie McBride che mia madre e mio padre sono morti, e che un anziano e cortese gentiluomo mi aveva mandato al college... cosa del tutto vera seppur con i limiti del caso. Non voglio che pensiate che sia codarda, ma voglio davvero essere come le altre ragazze, e quel Terribile Istituto che incombe sulla mia infanzia è l'unica enorme differenza. Se potessi tornare indietro e arginarne il ricordo, penso che potrei essere piacevole proprio quanto qualunque altra ragazza. Non credo ci siano fra noi altre differenze, al di sotto di quella differenza, e voi?

Comunque, sono simpatica a Sallie McBride!

Sempre vostra,
JUDY ABBOTT
(Née[12] Jerusha)

Sabato mattina

Ho appena riletto questa lettera e mi suona abbastanza infelice. Ma riuscireste a credere che devo preparare una ricerca per lunedì mattina e un'esercitazione di geometria e ho un raffreddore che mi fa starnutire moltissimo?

---

[12] [Nata]; da qui in avanti tutti i termini francesi presenti nelle lettere saranno tradotti in nota.

Ho dimenticato di mandarvi questa lettera ieri quindi aggiungerò un post scriptum indignato. C'è stata la visita del vescovo questa mattina, e *cosa pensate abbia detto?*

«La promessa più benefica che ci è stata donata dalla Bibbia è questa: "I poveri sono sempre con voi."[13] Sono stati posti qui per renderci più caritatevoli.»

I poveri, vi prego di notare, considerati al pari di un utile animale domestico. Se non fossi cresciuta nel corpo di questa ragazza perfetta, sarei salita dopo la funzione e gli avrei detto ciò che penso.

[13] Marco 14, 7.

25 ottobre

Caro Papà Gambalunga,

Sono entrata nella squadra di pallacanestro e dovreste vedere il livido sulla mia spalla sinistra. È blu e marrone con piccole venature arancioni. Julia Pendleton ha provato a entrare nella squadra, ma non ce l'ha fatta. Urrà!

Vedete che carattere meschino ho. Il college diventa ogni giorno più piacevole. Mi piacciono le ragazze e gli insegnanti e le lezioni e il campus e le cose da mangiare. Mangiamo il gelato due volte alla settimana e mai la zuppa di cereali.

Volevate sentirmi solo una volta al mese, vero? E io vi ho tempestato di lettere quasi ogni giorno! Ma sono stata così eccitata di tutte queste nuove avventure e *dovevo* parlarne con qualcuno; e voi siete l'unico che conosca. Per favore, scusate la mia esuberanza; presto mi calmerò. Se le mie lettere vi annoiano, le potete sempre lanciare nel cestino. Vi prometto che non vi scriverò prima della metà di novembre.

Molto loquacemente vostra,
JUDY ABBOTT

Judy a
Pallacanestro

15 novembre

Caro Papà Gambalunga,

Sentite che cosa ho imparato oggi:

l'area della superficie convessa di un tronco di piramide regolare è uguale alla metà del prodotto della somma dei perimetri delle sue basi per l'altezza di uno dei suoi trapezoidi.[14]

Non sembra vero, ma lo è... lo posso dimostrare!

Non vi ho mai parlato dei miei vestiti, vero, Papà? Sei abiti, tutti nuovi e bellissimi e comprati per me... non dismessi da qualcuno più grande. Forse non vi rendete conto che culmine ciò rappresenti nella carriera di un orfano, no? Voi me li avete donati, e io vi sono davvero, davvero, *davvero* molto riconoscente. È bello essere educata... ma è nulla paragonato alla vertiginosa sensazione di possedere sei abiti nuovi. La signorina Pritchard che appartiene al comitato in visita li ha scelti... non la signora Lippett, grazie a Dio. Ho un vestito da sera, rosa tenue di mussola e sotto di seta (sono davvero bellissima con quello), e un abito azzurro per la chiesa, e un abito

---

[14] L'area della superficie laterale di un tronco di piramide è la metà del prodotto della somma dei perimetri delle sue basi per l'altezza di uno dei suoi trapezi, ossia l'apotema.

per la cena di organza rossa e con ricami Orientali (mi fa sembrare una Gitana) e un altro di challis[15] rosa pallido, e un tailleur grigio da passeggio, e un abito di tutti i giorni per le lezioni. Questo non sarebbe un guardaroba terribilmente grande per Julia Rutledge Pendleton, forse, ma per Jerusha Abbott... Oh, santo cielo!

Suppongo che ora starete pensando che bestiolina frivola, superficiale che è, e che spreco di denaro sia educare una ragazza, vero?

Ma Papà, se foste stato vestito con percalle a quadretti per tutta la vostra vita, capireste come mi sento. E quando ho iniziato le superiori, sono entrata in un periodo anche peggiore della percalle a quadretti.

La scatola per i poveri.

Non potete capire come ho temuto di apparire a scuola con quegli abiti miserabili della scatola per i poveri. Ero assolutamente certa che sarei stata messa in classe vicina alla ragazza che originariamente possedeva il mio abito, e lei avrebbe mormorato e ridacchiato e lo avrebbe fatto notare alle altre. L'amarezza di indossare i vestiti dismessi dei tuoi nemici ti divora l'animo. Anche se indossassi calze di seta per il resto della mia vita, non credo di poter cancellare la cicatrice.

ULTIMO BOLLETTINO DI GUERRA!
Notizie dalla Scena Bellica

---

[15] Il challis è un tessuto molto leggero e morbido stampato di solito con motivi floreali.

Alle quattro[16] di giovedì 13 novembre, Annibale ha sbaragliato l'avanguardia dei Romani e ha guidato le forze Cartaginesi oltre le montagne nelle pianure del Casilinum.[17] Una coorte di Numidi debolmente armati si è unita alla fanteria di Quinto Fabio Massimo. Due battaglie e una debole contesa. I Romani vennero respinti con gravi perdite.

Ho l'onore di essere,
La vostra speciale corrispondente dal fronte
J. ABBOT

P.S. So che non devo aspettarmi alcuna lettera di risposta, e sono stata avvisata di non annoiarvi con le domande, ma ditemi, Papà, solo questa volta… siete terribilmente vecchio o solo un po' vecchio? E siete completamente calvo o solo un po' calvo? È davvero difficile pensare a voi in astratto come a un teorema di geometria.

Assodato che è un uomo alto e ricco che odia le ragazze, ma che è molto generoso con una ragazza abbastanza impertinente, quale sarà il suo aspetto?

R.S.V.P.[18]

---

[16] *Fourth watch* nel testo inglese; per i Romani indicava l'arco di tempo che va dalle 3 alle 6 di mattina, quarta *vigilia noctis*. Queste ore variavano con il mutare delle stagioni.

[17] Il Casilino.

[18] Abbreviazione per *Répondez s'il vous plaît*, cioè 'Rispondete, per favore'.

19 dicembre

Caro Papà Gambalunga,

Non avete mai risposto alla mia domanda ed era molto importante.

SIETE CALVO?

Ho esattamente pianificato come siete – in modo molto soddisfacente – fino a quando ho raggiunto la cima della vostra testa, e a quel punto *mi sono* bloccata. Non posso decidere se avete i capelli bianchi o neri o una sorta di brizzolatura di capelli grigi o forse neanche uno.

Ecco il vostro ritratto:

Ma il problema è: devo aggiungere i capelli?

Volete sapere di che colore sono i vostri occhi? Sono grigi, e le vostre sopracciglia spuntano come il tetto di un porticato (sporgenti,[19] così sono chiamate nei romanzi) e la vostra bocca è

---

[19] *beetling* nel testo inglese.

una linea dritta con la tendenza a curvarsi in giù agli angoli. Oh, vedete, lo so! Siete un vecchio stizzoso con un certo temperamento.

(Campana della cappella.)

21:45

Ho una nuova regola inviolabile: mai, mai studiare di notte non importa quante prove scritte avrò di mattina. Invece, leggerò semplicemente solo libri ... lo devo fare, sapete, perché ci sono diciotto anni di vuoto alle mie spalle. Non ci crederete, Papà, che abisso di ignoranza che è la mia mente; solo ora mi sto rendendo conto della profondità. Le cose che molte ragazze con una famiglia adeguatamente assortita e una casa e degli amici e una biblioteca conoscono per assimilazione, io non le ho mai sentite. Per esempio:

Non ho mai letto *I Racconti di Mamma Oca*[20] o *David Copperfield*[21] o *Ivanhoe*[22] o *Cenerentola* o *Barbablù*[23] o

---

[20] *Mother Goose* nel testo inglese; è un'oca antropomorfizzata che racconta fiabe e filastrocche. *I Racconti di Mamma Oca*, ai quali Jerusha fa riferimento, sono una celebre raccolta di fiabe pubblicata da Charles Perrault (1628-1703) alla fine del XVII secolo.

[21] Uno fra i più celebri romanzi di Charles Dickens (1812-1870), pubblicato fra il 1849 e il 1850 su rivista con il titolo *The Personal History, Adventures, Experience and Observation of David Copperfield the Younger of Blunderstone Rookery (Which He Never Meant to Be Published on Any Account)*.

[22] Romanzo storico di Walter Scott (1771-1832) pubblicato nel 1819 e considerato il primo esempio del genere.

[23] Due fiabe trascritte da Charles Perrault.

Robinson Crusoe[24] o *Jane Eyre*[25] o *Alice nel Paese delle Meraviglie*[26] o una parola di Rudyard Kipling.[27] Non sapevo che Enrico VIII si fosse sposato più di una volta o che Shelley fosse un poeta.[28] Non sapevo che gli esseri umani un tempo fossero state delle scimmie e che il Giardino dell'Eden fosse un bellissimo mito. Non sapevo che R. L. S. stesse per Robert Louis Stevenson[29] o che George Eliot fosse una donna.[30] Non ho mai visto un'immagine della

[24] Famoso romanzo di Daniel Defoe (1660-1731) pubblicato nel 1719 con il titolo *The Life and Strange Surprising Adventures of Robinson Crusoe* e considerato capostipite del romanzo di avventura.

[25] *Jane Eyre: An Autobiography* è un romanzo di formazione di Charlotte Brontë (1816-1855), pubblicato nel 1847 con lo pseudonimo maschile di Currer Bell.

[26] *Alice's Adventures in Wonderland* è un romanzo fantastico di Lewis Carroll (1832-1898) pubblicato nel 1865.

[27] Rudyard Kipling (1865-1936) è uno scrittore e poeta britannico, premio Nobel per la letteratura nel 1907, autore fra gli altri dei romanzi *Il libro della Giungla, Kim, Capitani coraggiosi.*

[28] Percy Bysshe Shelley (1792-1822) è un poeta e scrittore romantico inglese marito di Mary Wollstonecraft Shelley, apprezzato da molti autori e diventato modello per le generazioni successive di poeti.

[29] Robert Louis Stevenson (1850-1894) è uno scrittore, drammaturgo e poeta scozzese, celebre per i romanzi *L'isola del tesoro* (1883), *La freccia nera* (1883) e *Lo strano caso del Dottor Jekyll e del Signor Hyde* (1886).

[30] George Eliot, pseudonimo maschile di Mary Anne Evans, (1819-1880) è una scrittrice inglese.

Monna Lisa[31] e (è vero ma non ci crederete) non ho mai sentito parlare di Sherlock Holmes.[32]

Ora, conosco tutte queste cose e molte altre ancora, ma capite quanto ho da recuperare. E oh, ma è così divertente! Ogni giorno aspetto con impazienza la sera, e poi metto un «occupato» alla porta e m'infilo nella mia bella veste da camera rossa e nelle pantofole pelose e impilo tutti i cuscini dietro di me sul divano e accendo la lampada da scrivania in ottone all'altezza del gomito, e leggo e leggo e leggo. Un libro non è abbastanza. Ne ho in lettura quattro alla volta. Proprio ora, ho le poesie di Tennyson[33] e *La Fiera della Vanità*[34] e *Racconti semplici di Kipling*[35] e – non ridete – *Piccole Donne*.[36] Ho scoperto che sono l'unica ragazza del college a non essere cresciuta con *Piccole Donne*. Sebbene non l'abbia detto a nessuno (ciò mi *avrebbe* etichettata come strana).

---

[31] Uno dei più celebri dipinti di Leonardo.

[32] Sherlock Holmes è il noto personaggio letterario creato da Arthur Conan Doyle (1859-1930) che fece il suo esordio nel romanzo *Uno studio in rosso* (1887).

[33] Alfred Tennyson (1809-1892) è un celebre poeta inglese.

[34] Romanzo di William Makepeace Thackeray (1811-1863) apparso fra il 1847 e il 1848 a puntate, poi in volume con il titolo di *Vanity Fair: A novel without a Hero*.

[35] *Plain Tales from the Hill* è la prima raccolta di racconti brevi di R. Kipling pubblicata nel 1888.

[36] Celebre romanzo di Louisa May Alcott (1832-1888), pubblicato nel 1868 e seguito dalla seconda parte, *Piccole donne crescono*, l'anno successivo.

Semplicemente sono andata di nascosto e l'ho acquistato con $1,12 della paga dello scorso mese; e la prossima volta che qualcuno menziona le limette in salamoia,[37] saprò di cosa stanno parlando!

(Campana delle dieci. È una lettera malamente interrotta).

Sabato

Signore,

Ho l'onore di riportare le nuove esplorazioni nel campo della geometria. Lo scorso venerdì abbiamo abbandonato il nostro precedente studio sui parallelepipedi e proceduto verso i tronchi di prisma. Ci stiamo imbattendo in una strada aspra e molto impervia.

Domenica

Le vacanze di Natale iniziano la prossima settimana e i bauli sono pronti. I corridoi sono talmente caotici che si può a stento attraversarli, e tutti fremono talmente tanto dall'eccitazione che stanno mettendo da parte lo studio. Io mi divertirò molto durante le vacanze; c'è un'altra Matricola che vive in Texas che rimarrà qui, e abbiamo programmato lunghe passeggiate e – se ci sarà il

---

[37] Vengono citate nel VII capitolo di *Piccole donne*.

ghiaccio – impareremo a pattinare. Poi c'è anche l'intera biblioteca da leggere... e tre settimane libere per farlo!

Arrivederci, Papà, spero che voi siate felice come lo sono io.

Per sempre vostra,
JUDY

P.S. Non dimenticatevi di rispondere alla mia domanda. Se non volete noie nello scrivere, potete far telegrafare il vostro segretario.

Può dire semplicemente:

Il signor Smith è piuttosto calvo,

oppure

Il signor Smith non è calvo,

oppure

Il signor Smith ha i capelli bianchi.

E potete decurtare venticinque centesimi dalla mia paga mensile.

Arrivederci fino a gennaio... e buon Natale!

Verso la fine delle vacanze di Natale.
Data esatta sconosciuta.

Caro Papà Gambalunga,

Sta nevicando dove vivete? Tutto il mondo che scorgo dalla mia torre è adornato di bianco e i fiocchi cadono grandi come pop-corn. È pomeriggio inoltrato – il sole sta tramontando in questo momento (un color giallo freddo) dietro delle colline di un viola più freddo, e sono sulla mia seduta della finestra e sto usando l'ultima luce disponibile per scrivervi.

Le vostre cinque monete d'oro sono state una sorpresa! Non sono abituata a ricevere regali di Natale. Mi avete già donato talmente tante cose – tutto ciò che possiedo, sapete – che non credo proprio di meritarmi degli extra. Però mi piacciono lo stesso. Volete sapere che cosa ho comprato con i miei soldi?

I.   Un orologio d'argento con un astuccio in pelle da indossare al polso e per arrivare in orario a recitazione.

II.   Le poesie di Matthew Arnold.[38]

---

[38] Matthew Arnold (1822-1888) è un poeta e critico letterario inglese.

III. Una borsa per l'acqua calda.

IV. Una coperta termica a vapore (la mia torre è fredda).

V. Cinquecento fogli di carta ingiallita per scrivere (inizierò presto a essere una scrittrice).

VI. Un dizionario dei sinonimi (per ampliare il vocabolario della scrittrice).

VII. (Non mi piace molto confessare quest'ultimo articolo, ma lo farò) un paio di calze di seta.

E ora, Papà, non dite che non vi racconto tutto!

La motivazione che mi ha spinta verso le calze di seta è stata davvero inconsistente, se volete saperlo. Julia Pendleton viene nella mia stanza per fare geometria, e si siede con le gambe accavallate sul divano e indossa le calze di seta ogni sera. Ma aspettate ancora... non appena torna dalle vacanze dovrò andare e sedermi sul suo divano con le mie calze di seta. Vedete, Papà, che creatura miserabile che sono... ma almeno sono onesta; e lo sapevate già, dalla documentazione in istituto, che non ero perfetta, vero?

Ricapitolando (questo è il modo in cui l'insegnante di inglese inizia una frase sì e una no), sono *davvero* molto riconoscente per i miei sette regali. Sto fingendo che arrivino dal pacco della mia famiglia in California. L'orologio da parte di mio padre, la coperta da mia madre, la borsa per l'acqua calda dalla nonna – che si preoccupa continuamente di evitare che io contragga il raffreddore con questo clima – e la carta ingiallita dal mio fratellino

Harry. Mia sorella Isobel mi ha donato le calze di seta, e zia Susan le poesie di Matthew Arnold; zio Harry (il piccolo Harry prende il nome da lui) mi ha regalato il dizionario. Voleva spedirmi dei cioccolatini, ma ho insistito sui sinonimi.

Non vi opponete, vero, a recitare la parte di un'intera famiglia?

E ora, vi parlerò delle mie vacanze, o siete interessato unicamente alla mia educazione in quanto tale? Spero apprezziate la delicata sfumatura del significato di «in quanto tale». È l'ultima aggiunta al mio vocabolario.

La ragazza del Texas si chiama Leonora Fenton (quasi buffo quanto Jerusha, non trovate?). Mi è simpatica, ma non così tanto come Sallie McBride; nessuno mi sarà più simpatico di Sallie... tranne voi. Vi troverò sempre il più simpatico di tutti, perché siete la mia intera famiglia concentrata in una persona sola. Io e Leonora e due studentesse del Secondo anno abbiamo camminato per il paese in ogni bella giornata e abbiamo esplorato l'intero vicinato, vestite con gonne corte e giacche lavorate a maglia e berretti, e portando con noi bastoni da hockey con cui colpire le cose. Una volta abbiamo camminato in città – quattro miglia[39] – e ci siamo fermate a un ristorante dove le ragazze del college cenano. Astice grigliato (35 centesimi) e per dessert tortine di grano

[39] Circa 6,5 km.

saraceno e sciroppo d'acero (15 centesimi). Nutriente ed economico.

È stato davvero uno spasso! Specialmente per me, perché era così terribilmente diverso dall'istituto... mi sono sentita una detenuta in fuga ogniqualvolta lasciavo il campus. Prima che potessi pensarlo, ho iniziato a raccontare alle altre che esperienza stavo vivendo. Stavo quasi per confessare tutto. Il gatto era quasi fuori dal sacco quando l'ho preso dalla coda e l'ho infilato di nuovo dentro.[40] È estremamente difficile per me non dire tutto ciò che mi viene in mente. Sono per natura uno spirito che tende a confidarsi molto; se non dovessi raccontare tutto a voi, scoppierei.

C'è stata una festa con caramelle alla melassa lo scorso venerdì, organizzata dalla governante dell'istituto Fergussen per coloro che erano rimaste nelle proprie residenze. Eravamo in tutto ventidue, tra Matricole e studentesse del Secondo e Terzo e dell'Ultimo anno, tutte unite in un'amorevole armonia. La cucina è immensa, con pentole in rame e bollitori appesi in fila sulla parete in pietra... la casseruola più piccola è all'incirca della misura del recipiente per sterilizzare i vestiti.[41] Quattrocento ragazze vivono nel Fergussen. Il cuoco, in berretto e grembiule bianco, è andato a prendere altri ventidue

---

[40] Frase idiomatica per dire che si è fermata all'ultimo momento.

[41] *wash boiler* nel testo inglese; un recipiente di metallo dove venivano messi a bollire gli indumenti per sterilizzarli.

berretti e grembiuli – non riesco a immaginare dove ne abbia trovati così tanti – e ci siamo trasformate tutte in cuoche.

È stato molto divertente, sebbene io abbia visto delle caramelle migliori. Quando alla fine si è terminato, e noi e la cucina e i pomelli delle porte eravamo completamente appiccicosi, abbiamo organizzato una processione e ancora nei nostri berretti e grembiuli, ognuna con un forchettone o un cucchiaio o una padella, abbiamo sfilato per i corridoi deserti fino al parlatorio dove una mezza dozzina di professori e assistenti stavano trascorrendo una tranquilla serata. Abbiamo fatto loro una serenata con le canzoni del college e abbiamo offerto loro un rinfresco. Hanno accettato educatamente ma con fare titubante. Li abbiamo lasciati a succhiare i pezzetti di caramelle alla melassa, appiccicosi e senza parole.

Come vedete, Papà, la mia educazione progredisce!

Non pensate davvero che dovrei diventare un'artista invece di una scrittrice?

Le vacanze termineranno tra due giorni e sarò felice di rivedere le ragazze. La mia torre è giusto un po' solitaria;

quando nove persone occupano un edificio che è stato costruito per quattrocento, vi si aggirano in maniera un po' sperduta.

Undici pagine… povero Papà, sarete stanco! Volevo che questa fosse solo una piccola, breve nota di ringraziamento… ma quando ho iniziato mi è sembrato che la penna andasse da sé.

Arrivederci, e vi ringrazio di pensare a me… dovrei essere perfettamente felice se non fosse per una piccola nuvola minacciosa all'orizzonte. Gli esami saranno a febbraio.

Affettuosamente vostra,
JUDY

P.S. Forse non è conveniente inviarvi il mio affetto? Se non lo è, vogliate scusarmi. Ma devo poter provare affetto per qualcuno e posso scegliere solo tra voi e la signora Lippett, quindi, come vedete… *dovrete* sopportarlo, Papà caro, perché non posso provare affetto per lei.

Nel giorno della Vigilia

Caro Papà Gambalunga,

Dovreste vedere come si studia in questo college! Ci siamo dimenticate di aver avuto delle vacanze. Cinquantasette verbi irregolari ho introdotto nel mio cervello negli scorsi quattro giorni... spero solo che vi rimarranno fino alla fine degli esami.

Alcune ragazze vendono i loro libri di testo quando ne hanno abbastanza, ma io ho intenzione di tenerli. Poi, quando sarò laureata metterò la mia intera istruzione in fila nella libreria, e quando avrò bisogno di consultarne uno in particolare, potrò rivolgermi a essa senza la minima esitazione. Davvero molto più semplice e ordinato che cercare di mantenerlo nella propria mente.

Julia Pendleton si è fermata per una veloce chiacchierata amichevole stasera, e vi è rimasta per un'intera ora. Ha iniziato a prendere il discorso della famiglia, e non *sono riuscita* a spegnerla. Voleva sapere il nome di mia madre da nubile... avete mai sentito una domanda più impertinente verso una persona che viene da un orfanotrofio? Non avevo il coraggio di dire che non lo sapevo, quindi ho semplicemente ripiegato in modo miserevole sul primo nome che mi è venuto in mente, ossia Montgomery. Dopo voleva sapere se appartenessi ai Montgomery del Massachusetts o della Virginia.

Sua madre era una Rutherford. La famiglia risale all'arca di Noè, ed è imparentata per via di matrimonio con Enrico VIII.

Dalla parte del padre risalgono a un periodo di molto precedente ad Adamo. Sui rami più in alto del loro albero genealogico c'è una stirpe superiore di scimmie, con un bel pelo setoso e delle code extra lunghe.

Volevo scrivervi una lettera bella, allegra, divertente stasera, ma sono troppo stanca… e spaventata. Il destino di una Matricola non è un destino felice.

Vostra, sul punto di essere esaminata,
JUDY ABBOTT

Domenica

Carissimo Papà Gambalunga,

Ho una terribile, terribile, terribile notizia da darvi, ma non inizierò da quella; prima cercherò di mettervi di buonumore.

Jerusha Abbott ha iniziato a essere una scrittrice. Una poesia intitolata *Dalla mia torre* apparirà sul

Monthly di febbraio... sulla prima pagina, cosa che è un gran privilegio per una Matricola. Il mio insegnante di inglese mi ha fermata mentre uscivo dalla cappella ieri sera, e mi ha detto che è un lavoro incantevole se non fosse per il sesto verso, che ha troppi piedi.[42] Ve ne invierò una copia in caso voleste leggerlo.

Fatemi pensare se c'è qualcos'altro di piacevole... Oh, sì! Sto imparando a pattinare, e riesco a volteggiare da sola in modo abbastanza dignitoso. Ho anche imparato a calarmi con una corda dal tetto della palestra, e posso scavalcare una sbarra alta tre piedi e sei pollici...[43] spero di arrivare presto a quattro piedi.

Abbiamo ricevuto un'omelia davvero motivante da parte del Vescovo dell'Alabama questa mattina. Il tema era: «Non giudicate e non sarete giudicati».[44] Riguardava la necessità di ignorare gli errori degli altri, e di non scoraggiarli con giudizi rigidi. Avrei voluto che lo aveste ascoltato.

Questo è il pomeriggio più soleggiato, più accecante dell'inverno, con i ghiaccioli che gocciolano dalle conifere e tutto il mondo piegato dal peso della neve... tranne me, che sono piegata dal peso del dispiacere.

Adesso la notizia – coraggio, Judy! – devo dirvela.

---

[42] Cioè sillabe.
[43] Circa 105 cm.
[44] Matteo 7, 1.

Siete *sicuro* di essere di buonumore? Sono stata bocciata in matematica e in prosa latina. Li sto recuperando, e darò un altro esame il prossimo mese. Mi dispiace se siete deluso, ma del resto non me ne importa molto perché almeno ho imparato così tante cose non menzionate nel programma. Ho letto diciassette romanzi e *quintali*[45] di poesie... romanzi davvero fondamentali come *La Fiera della Vanità* e *Richard Feverel*[46] e *Alice nel Paese delle Meraviglie*. Anche i *Saggi* di Emerson[47] e la *Vita di Scott* di Lockhart[48] e il primo volume dell'*Impero Romano* di Gibbon[49] e metà della *Vita* di Benvenuto Cellini...[50] non era un tipo spassoso? Era solito passeggiare e uccidere casualmente un uomo prima di colazione.

[45] *bushels* nel testo inglese.

[46] *The Ordeal of Richard Feverel: A History of Father and Son* è un romanzo di George Meredith (1828-1909), pubblicato nel 1859.

[47] Ralph Waldo Emerson (1803-1882) è un saggista, filosofo e poeta inglese.

[48] Biografia di Walter Scott scritta dal genero scozzese John Gibson Lockhart (1794-1854) e pubblicata nel 1838.

[49] *Storia della decadenza e caduta dell'Impero Romano* (*The History of the Decline and Fall of the Roman Empire*) è un'opera storica di Edward Gibbon (1737-1794), pubblicata in sei volumi dal 1776 al 1788.

[50] *La Vita di Benvenuto di Maestro Giovanni Cellini fiorentino, scritta per lui medesimo* è l'autobiografia di Benvenuto Cellini (1500-1571).

Quindi vedete, Papà, sono molto più intelligente di quanto lo sarei stata se fossi stata bloccata sul latino. Mi perdonerete per questa volta se vi prometto che non sarò più bocciata?

Vostra e contrita,[51]

JUDY

NOTIZIE del MESE

Judy impara a pattinare

E a saltare la barra

Anche a scendere da una corda

le gambe sono molto difficili

Riceve due 🔖 e versa molte lacrime

Ma promette di studiare DURAMENTE

---

[51] *in sackcloth* nel testo inglese; letteralmente 'vestita con il saio penitenziale', si usa insieme ad *ashes* nell'espressione *in sackcloth and ashes*, ossia 'con il capo cosparso di cenere'.

Caro Papà Gambalunga,

Questa è una lettera extra di metà mese perché mi sento alquanto sola stasera. C'è una tempesta terribile; la neve sbatte contro la mia torre. Tutte le luci sono spente nel campus, ma io ho bevuto caffè nero e non riesco ad addormentarmi.

Ho organizzato una cenetta stasera che comprendeva Sallie e Julia e Leonora Fenton... e sardine e muffin tostati[52] e insalata e fudge[53] e caffè. Julia ha detto che si è divertita, ma Sallie è rimasta per aiutarmi a lavare i piatti.

Potrei, in maniera molto proficua, impegnare del tempo sul latino stanotte... ma, non c'è alcun dubbio, sono una studiosa di latino davvero apatica. Abbiamo finito Livio e il *De Senectute* e ora siamo impegnati con il *De Amicitia* (pronunciato Damn Icitia).[54]

Vi dispiacerebbe, solo per poco tempo, fingere di essere mia nonna? Sallie ne ha una e Julia e Leonora due ciascuna, e stavano facendo paragoni stasera. Non riesco a pensare a nient'altro che vorrei avere; è una così rispettabile parente. Quindi, se davvero non avete nulla in

---

[52] *toasted muffins* nel testo inglese; non sono muffin dolci ma un tipo di panini con forma rotondeggiante cotto sulla piastra, spaccato e tostato.

[53] Il fudge è un dolce tipico inglese preparato con caramello, zucchero, latte, burro, panna e tagliato poi a cubetti.

[54] Sia *Cato Maior de Senectute* (opera filosofica sulla vecchiaia) che *Laelius seu de amicitia* (dialogo filosofico) sono opere di Marco Tullio Cicerone (106 a.C.-43 a.C.).

contrario… Quando sono andata in città ieri, ho visto la più adorabile cuffietta di pizzo Cluny[55] decorata con un nastro color lavanda. Ve la donerò per il vostro ottanta-treesimo compleanno.

Ecco l'orologio della torre della cappella che batte la mezzanotte. Credo di essere assonnata dopotutto.

Buona notte, Nonnina.
Vi voglio tanto bene.
JUDY

---

[55] Tipologia di pizzo a fili continui, con motivi geometrici ri-correnti, in origine prodotto dalle monache benedettine di Cluny.

Le Idi[56] di marzo

Caro P. G. L.,

Sto studiando la composizione della prosa latina. L'ho studiata. La starò studiando. Sarò sul punto di averla studiata. Il mio riesame sarà alla settima ora del prossimo martedì, e o lo passerò o FALLIRÒ. Quindi è possibile che mi sentirete prossimamente, completamente felice e libera da ogni costrizione, o a pezzi.

Vi scriverò una lettera rispettosa quando sarà finita. Stasera ho un urgente appuntamento con l'Ablativo Assoluto.

Vostra… in evidente fretta,

J. A.

---

[56] Nel calendario romano è così nominato il giorno che divide il mese in due parti pressoché uguali, cadendo il 15 in marzo, maggio, luglio e ottobre, il 13 negli altri mesi.

26 marzo

Sig. P. G. L. Smith,

SIGNORE: non avete mai risposto a nessuna domanda; non avete mostrato il minimo interesse per ciò che faccio. Probabilmente siete il più orribile di tutti gli orribili Benefattori, e la ragione per cui mi state educando è, non perché un po' vi importa di me, ma per un senso di Dovere.

Non so nulla di voi. Non so neanche il vostro nome. Non è per nulla stimolante scrivere a una Cosa. Non ho dubbi che voi buttiate le mie lettere nel cestino senza nemmeno leggerle. D'ora in poi scriverò solo del mio studio.

I miei riesami in latino e geometria sono stati la scorsa settimana. Li ho passati entrambi e ora sono libera da ogni costrizione.

Sinceramente vostra,
JERUSHA ABBOTT

2 aprile

Caro Papà Gambalunga,

Sono una BESTIA.

Vi prego di dimenticare quella terribile lettera che vi ho inviato la scorsa settimana... mi sentivo terribilmente sola e infelice e avevo il mal di gola la notte in cui l'ho scritta. Non lo sapevo, ma si stava per presentare la tonsillite e l'influenza e un mucchio di moltissime cose insieme. Sono in infermeria ora, e ci sono da sei giorni; questa è la prima volta che mi permettono di sedermi e avere una penna e della carta. La capo infermiera è *davvero autoritaria*. Ma ci ho pensato in continuazione e non mi riprenderò finché non mi perdonerete.

Ecco un ritratto di come sono adesso, con una benda legata attorno alla testa a forma di orecchie di coniglio.

Questo non genera in voi compassione? Ho un rigonfiamento di una ghiandola sublinguale. E ho studiato fisiologia per tutto l'anno senza mai sentir parlare di ghiandole sublinguali. Che cosa inutile è l'istruzione!

Non posso continuare a scrivere; mi sento alquanto tremolante quando sto seduta troppo a lungo. Vi prego di perdonarmi per essere stata impertinente e ingrata. Sono stata educata male.

Vostra con affetto,
JUDY ABBOTT

L'INFERMERIA

4 aprile

Carissimo Papà Gambalunga,

Ieri sera proprio all'imbrunire, quando ero seduta sul letto a guardare fuori la pioggia e mi sentivo terribilmente annoiata dalla vita in un grande istituto, l'infermiera è arrivata con una lunga scatola bianca indirizzata a me, e riempita dei *più adorabili* boccioli di rose rosa. E la cosa ancora più bella è che conteneva un biglietto con un messaggio davvero gentile scritto in una buffa, minuta scrittura da mancino che sale verso l'alto (ma che dimostra un gran bel carattere). Vi ringrazio, Papà, mille volte. I vostri fiori rappresentano il primo vero regalo che io abbia mai ricevuto nella mia vita. Se volete sapere che bambina che sono, mi sono sdraiata e ho pianto perché ero troppo felice.

Ora che sono sicura che leggete le mie lettere, le renderò molto più interessanti, così varrà la pena tenerle in uno scrigno avvolte da un nastro rosso... solo, ve ne prego, togliete quella orribile e bruciatela. Non tollererei pensare che l'avrete letta e riletta.

Vi ringrazio per aver reso felice una Matricola molto malata, arrabbiata e infelice. Probabilmente avete una

71

famiglia e degli amici molto affettuosi, e non sapete cosa significhi sentirsi soli. Ma io sì.

Arrivederci… prometto che non sarò più orribile, perché ora so che siete una persona reale; e prometto anche che non vi annoierò con altre domande.

Continuate a odiare le ragazze?

Per sempre vostra,
JUDY

Lunedì, ottava ora

Caro Papà Gambalunga,

Spero che non siate il Benefattore che era seduto sul rospo, vero? È scoppiato – mi hanno detto – con un gran rumore, quindi probabilmente era un Benefattore più grasso di voi.

Ricordate i piccoli buchi con sopra le grate vicino alle finestre della lavanderia all'Istituto John Grier? Durante ogni primavera quando si apriva la stagione dei rospi[57] eravamo soliti collezionare rospi e tenerli in questi buchi delle finestre; e di tanto in tanto invadevano la lavanderia, causando davvero un piacevole subbuglio durante i giorni di bucato. Venivamo severamente puniti per le

---

[57] *hoptoad* nel testo inglese.

nostre attività in questo senso, ma nonostante tutti gli scoraggiamenti la collezione dei rospi continuava.

E un giorno – beh, non vi annoierò con i particolari – in qualche modo, uno dei rospi più grossi, più grandi, più *viscidi* è salito su una di quelle poltrone di pelle nella stanza dei Benefattori, e quel pomeriggio alla riunione dei Benefattori… ma oserei dire che eravate lì e ricordate tutto il resto?

Guardando spassionatamente al passato dopo un po' di tempo, dirò che quella punizione è stata meritata, e – se ricordo bene – adeguata.

Non so perché mi trovo in questo umore nostalgico escludendo il fatto che la primavera e la ricomparsa dei rospi risveglia sempre il vecchio famelico istinto. L'unica cosa che mi trattiene dall'iniziare una collezione è il fatto che non c'è alcuna regola che lo vieti.

Giovedì, dopo la funzione

Quale pensate che sia il mio libro preferito? In questo momento, intendo; cambio idea ogni tre giorni. *Cime Tempestose*. Emily Brontë[58] era piuttosto giovane quando l'ha scritto, e non era mai stata al di là del sagrato di Haworth.[59] Non aveva mai conosciuto alcun

[58] *Emily Bronté* nel testo inglese.
[59] La canonica dove aveva sempre vissuto.

73

uomo nella sua vita; come *ha potuto* immaginare un uomo come Heathcliff?

Io non ci sarei riuscita, e sono piuttosto giovane e non sono mai stata fuori dall'Istituto John Grier... ho avuto ogni occasione del mondo. A volte sono sopraffatta dalla terribile paura che io non sia un genio. Sareste estremamente deluso, Papà, se non diventassi una grande scrittrice? In primavera quando tutto è così bello e verde e in boccio, ho voglia di abbandonare le lezioni, e di correre via a giocare con il bel tempo. Ci sono così tante avventure fuori nei campi! È molto più divertente vivere i libri che scriverli.

Ah!!!!!!

Questo è stato lo strillo che ha portato qui Sallie e Julia e (per un disgustoso momento) la ragazza dell'ultimo anno che si trovava dall'altra parte del corridoio. È stato causato da un centopiedi come questo:

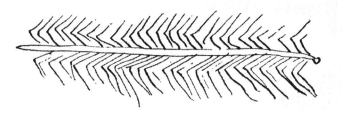

solo più orribile. Proprio appena avevo finito l'ultima frase e stavo pensando a cos'altro dire – paffete![60] – è caduto dal soffitto ed è atterrato vicino a me. Ho rovesciato

---

[60] *plump* nel testo inglese.

due tazze sul tavolino da tè per cercare di scacciarlo. Sallie lo ha colpito con il dorso della mia spazzola – che non sarò più capace di riutilizzare – e ha ucciso l'estremità anteriore, ma i cinquanta piedi posteriori sono sgattaiolati sotto la scrivania e sono fuggiti.

Questo dormitorio, a causa della sua longevità e delle pareti coperte di edera, è pieno di centopiedi. Sono creature orribili. Preferirei trovare una tigre sotto il letto.

Venerdì, 21:30

Quanti guai! Non ho sentito la campana della sveglia stamattina, poi ho rotto le stringhe delle scarpe mentre mi stavo affrettando per prepararmi e ho abbottonato il bottone del colletto della camicia sotto il collo. Ho fatto ritardo a colazione e anche alla prima ora di recitazione. Ho dimenticato di prendere la carta assorbente e la mia penna stilografica ha perso dell'inchiostro. In trigonometria il Professore e io eravamo in disaccordo circa un piccolo problema con i logaritmi. Ricontrollandolo, ho scoperto che aveva ragione lui. Abbiamo mangiato stufato di carne di montone e rabarbaro per pranzo... li detesto entrambi; sanno di orfanotrofio. Nient'altro che bollette tra la mia posta (anche se devo dire che non ho mai ricevuto altro; la mia famiglia non è del tipo di quelle che scrivono). A lezione di inglese questo pomeriggio abbiamo avuto un'inaspettata prova scritta. Eccola:

Non chiesi nient'altro,
Nient'altro m'è stato negato.
Offrii l'Esistenza in cambio;
Il possente mercante sogghignò.

Brasile? Rigirò un bottone
Senza degnarmi di uno sguardo:
«Ma, signora, non c'è nient'altro
Che possiamo mostrarle quest'oggi?»[61]

Questa è la poesia. Non so chi l'abbia scritta o cosa significhi. Era semplicemente scritta alla lavagna quando siamo arrivate e ci è stato dato il compito di commentarla. Quando ho letto la prima strofa ho pensato di avere un'idea – Il Possente Mercante era una divinità che distribuiva benedizioni in cambio di azioni virtuose – ma quando sono giunta alla seconda strofa e ho scoperto che faceva roteare un bottone, mi è sembrata una supposizione blasfema, e ho immediatamente cambiato idea. Il resto della classe si trovava nella stessa difficoltà; e siamo state lì sedute per tre quarti d'ora con un foglio bianco e

[61] Nelle due quartine di cui è costituito il componimento, Emily Dickinson ci fornisce un suo ritratto di Dio, come di un possente mercante che si prende gioco di noi e non ci offre quasi mai quel che chiediamo: «I asked no other thing, / No other was denied. / I offered Being for it; / The mighty merchant smiled. / Brazil? He twirled a button / Without a glance my way: / But, madam, is there nothing else / That we can show to-day?»

menti ugualmente vuote.[62] Acquisire un'istruzione è un processo terribilmente logorante!

Ma la giornata non era finita. Il peggio doveva ancora venire.

È piovuto quindi non potevamo giocare a golf, allora siamo andate in palestra. La ragazza accanto a me ha urtato il mio gomito con una clava indiana.[63] Sono tornata a casa per constatare che la scatola con il mio nuovo vestito primaverile azzurro era arrivata, e la gonna era talmente aderente che non mi potevo sedere. Il venerdì è il giorno delle pulizie, e la domestica ha mischiato tutti i miei fogli sulla scrivania. Abbiamo mangiato un mattone per dolce (latte e gelatina aromatizzati alla vaniglia). Siamo stati trattenuti nella cappella venti minuti in più del solito per ascoltare il discorso riguardante il comportamento delle donne. E poi... proprio quando stavo per rilassarmi con un sospiro di meritato sollievo con *Ritratto di signora*,[64] una ragazza di nome Ackerly, una noiosissima, logorroica sciocca ragazza dalla faccia da patata, che siede vicino a me a latino perché il suo nome inizia per A (avrei voluto che la signora Lippett mi avesse chiamata Zabriski), è venuta a chiedermi se la lezione di

[62] *Blank* nel testo inglese; usato sia in riferimento a *paper* che a *minds* significa sia bianco che vuoto.

[63] *Indian club* nel testo inglese.

[64] *The Portrait of a Lady* è il più noto romanzo di Henry James (1843-1916) pubblicato nel 1881.

lunedì cominciava al paragrafo 69 o 70, ed è rimasta UN'ORA. È appena andata via.

Avete mai sentito parlare di una così sconfortante serie di eventi? Non sono i più grandi problemi della vita che richiedono carattere. Chiunque può essere all'altezza di una crisi e fronteggiare una tragedia devastante con coraggio, ma sopportare i futili guai della giornata con una risata… penso davvero che richieda *spirito*.

È questo tipo di carattere che svilupperò. Fingerò che tutta la vita è solo un gioco che devo giocare il più abilmente e correttamente possibile. Se perdo, farò spallucce e riderò… lo stesso se vinco.

Comunque, sarò sportiva. Non mi sentirete più lamentarmi, Papà caro, perché Julia indossa calze di seta e i centopiedi cadono dalla parete.

Per sempre vostra,
JUDY

Rispondete presto.

27 maggio

Papà Gambalunga, Esquire[65]

EGREGIO SIGNORE: ricevo una lettera dalla signora Lippett. Spera che vada bene in condotta e negli studi. Dal momento che probabilmente non ho un posto in cui andare quest'estate, mi darà la possibilità di tornare in orfanotrofio e di lavorare per il mio comitato fino a quando il college non apre.

ODIO L'ISTITUTO JOHN GRIER.

Preferirei morire che ritornarci.

Molto devotamente vostra,
JERUSHA ABBOTT

[65] *Esq.* nel testo inglese; abbreviazione di *esquire*, titolo utilizzato per riferirsi a persone di sesso maschile appartenenti a una certa parte dell'aristocrazia.

Cher Papà-Jambes-Longes,

Vous etes una persona di buon cuore![66]

Je suis tres hereuse per la tenuta, *parsque je n'ai jamais* stata in una tenuta *dans ma vie* e odierei *retourner chez* John Grier, *et* lavare i piatti *tout l'été.* Ci sarebbe il pericolo che *quelque chose affreuse* possa accadere, *parsque j'ai perdue ma humilité d'autre fois et j'ai peur* di scoppiare *quelque jour et* rompere ogni tazza e piattino *dans la maison.*

Pardon brièveté et la carta. *Je ne peux pas* mandare *des mes nouvelles parseque je suis dans* la lezione di francese *et j'ai peur que Monsieur le Professeur* mi richiami *tout de suite.* L'ha fatto!

Au revoir,
Je vous aime beaucoup.
JUDY[67]

---

[66] *brick* nel testo inglese.

[67] [Caro Papà Gambalunga, siete una persona di buon cuore! Sono molto contenta per la tenuta, perché non sono mai stata in una tenuta nella mia vita e odierei ritornare al John Grier, e lavare i piatti tutta l'estate. Ci sarebbe il pericolo che qualche cosa orrenda possa accadere, perché ho perduto la mia umiltà di una volta e ho paura di scoppiare qualche giorno e rompere ogni tazza e piattino della casa. Perdonate la brevità e la carta. Non posso mandarvi mie nuove perché sono a lezione di francese e ho paura che il Professore mi richiami improvvisamente. L'ha fatto! A presto, vi voglio molto bene. JUDY]. Come si potrà notare Judy ha commesso qualche piccolo errore ortografico.

30 maggio

Caro Papà Gambalunga,

Avete mai visto questo campus? (È una domanda meramente retorica. Non permettete che vi infastidisca). È un luogo paradisiaco a maggio. Tutti gli arbusti sono in fiore e gli alberi sono del più adorabile color verde tenero… perfino i vecchi pini sembrano giovani e nuovi. Il prato è punteggiato di tarassaco giallo e di un centinaio di ragazze in abiti azzurri e bianchi e rosa tenue. Tutte sono gioiose e spensierate, per le imminenti vacanze, e con questa prospettiva, gli esami non pesano.

Non è un felice stato d'animo nel quale trovarsi? E oh, Papà! Sono la più felice di tutte! Perché non mi trovo più in un orfanotrofio; e non sono più la tata o la dattilografa o la contabile di nessuno (lo sarei stata, cioè, se non fosse stato per voi).

Mi scuso ora per tutte le mie cattiverie del passato.

Mi scuso per ogni volta che sono stata impertinente con la signora Lippett.

Mi scuso per ogni volta che ho dato delle sberle a Freddie Perkins.

Mi scuso per ogni volta che ho riempito di sale la zuccheriera.

Mi scuso per ogni volta che ho fatto boccacce alle spalle dei Benefattori.

Sarò buona e dolce e gentile con tutti perché sono così felice. E quest'estate scriverò e scriverò e scriverò e inizierò a essere una grande scrittrice. Non è un traguardo esaltante da ottenere? Oh, sto sviluppando un bellissimo carattere! Cede un po' sotto il freddo e il ghiaccio, ma migliora davvero velocemente quando splende il sole.

Succede a tutti. Non sono d'accordo con la teoria secondo cui le avversità e il dolore e la delusione sviluppano la forza morale. Le persone felici sono quelle che traboccano di gentilezza. Non ho fiducia nei misantropi. (Bella parola! Appena imparata.) Voi non siete un misantropo vero, Papà?

Avevo iniziato a raccontarvi del campus. Vorrei che veniste a fargli una breve visita e che mi permettiate di camminare con voi e dirvi:

«Quella è la biblioteca. Questa è la centrale del gas, Papà caro. L'edificio Gotico è alla sinistra della palestra, e l'edificio Tudor con ispirazione romanica lì vicino è la nuova infermeria.»

Oh, mi piace mostrare le cose alle persone. L'ho fatto per tutta la vita all'istituto, e lo faccio ogni giorno qui. Lo faccio davvero.

E anche per un Uomo!

È una bella esperienza. Non avevo mai parlato con un uomo prima (tranne, occasionalmente, con Benefattori, e non contano). Pardon,[68] Papà. Non voglio ferire i vostri sentimenti quando insulto i Benefattori. Non vi considero davvero parte di essi. Siete capitato nel Comitato per caso. Il Benefattore, in quanto tale, è grasso e pomposo e benevolo. Dà un colpetto sulla testa e indossa un orologio con catena d'oro.

Questo assomiglia a uno scarafaggio,[69] ma dovrebbe essere il ritratto di ogni Benefattore eccetto voi.

Comunque... riassumo:

ho passeggiato e parlato e preso il tè con un uomo. E con un uomo davvero elevato... con il signor Jervis Pendleton della Casata di Julia; suo zio, in breve (in

<hr>

[68] In francese nel testo.

[69] *June bug* nel testo inglese; indica un insetto della famiglia delle Scarabaeidæ che appare in America proprio nei mesi di maggio e giugno.

lungo, forse dovrei dire; è alto quanto voi). Essendo in città per affari, ha deciso di fare un salto al college e di far visita alla nipote. È il fratello minore di suo padre, ma non lo conosce in modo molto intimo. Sembra che l'abbia accudita quando era piccola, abbia deciso che non andavano d'accordo, e non si sono mai visti da allora.

Comunque, c'era lui, seduto alla reception con aria molto formale nel suo cappello e bastone e guanti posati vicino; e Julia e Sallie con la settima ora di recitazione che non potevano interrompere. Quindi Julia è entrata di corsa nella mia stanza e mi ha pregato di portarlo a fare una passeggiata in giro per il campus e poi riconsegnarlo a lei quando la settima ora si fosse conclusa. Ho detto che lo avrei fatto, gentilmente ma senza entusiasmo, perché non m'importa molto dei Pendleton.

Ma si è rivelato un dolce agnellino. È un vero essere umano... per nulla un Pendleton. Ci siamo divertiti molto; ho desiderato uno zio da allora. Vi dispiacerebbe fingere di essere mio zio? Credo siano ancora meglio delle nonne.

Il signor Pendleton mi ha ricordato un po' voi, Papà, com'eravate vent'anni fa. Vedete, vi conosco in modo intimo, anche se non ci siamo mai incontrati!

È alto e magrolino con una faccia scura con molte rughe, e il più simpatico sorriso nascosto che non emerge mai ma si increspa agli angoli della bocca. E ha il suo modo di farti sentire immediatamente come se lo conoscessi da molto tempo. È molto amichevole.

Abbiamo passeggiato per tutto il campus dal cortile ai campi di atletica; poi ha detto che si sentiva stanco e che aveva bisogno di bere del tè. Ha proposto di andare al College Inn ... [70] è proprio al di fuori del campus vicino al viale dei pini. Ho detto che dovevamo ritornare da Julia e Sallie, ma ha detto che non voleva che le sue nipoti bevessero molto tè; le rende nervose. Quindi siamo fuggiti e abbiamo preso il tè e i muffin e la marmellata e il gelato e un dolce a un grazioso tavolino fuori sul terrazzo. Il locale era piuttosto vuoto, com'è ovvio, questo perché è la fine del mese e le paghe si riducono.

Ci siamo proprio divertiti un mondo! Ma poi appena ritornati si è dovuto affrettare per prendere il treno e a malapena ha incontrato Julia. Era furiosa con me per averlo portato fuori; sembra sia uno zio insolitamente ricco e attraente, poiché il tè e le altre cose costano sessanta centesimi ciascuna.

Questa mattina (ora è lunedì) tre scatole di cioccolata sono arrivate con consegna espressa per Julia e Sallie e me. Cosa ne pensate? Ricevere dolci da un uomo!

Inizio a sentirmi una ragazza invece che una trovatella.

---

[70] Si riferisce a un bar o a un locale di ristoro.

Vorrei che veniste a prendere il tè qualche giorno e farmi capire se mi piacete. Ma non sarebbe terribile se non mi piaceste? Comunque, so che dovreste piacermi. *Bien!*[71] Con i miei complimenti.

«*Jamais je ne t'oublierai*»[72]
JUDY

P.S. Mi sono guardata nello specchio stamattina e ho trovato una fossetta completamente nuova che non avevo visto prima. È davvero strana. Da dove pensate sia venuta?

[71] [Bene].

[72] [Non vi dimenticherò mai]. Probabilmente riprende il verso di *À la claire fontaine,* una tradizionale canzone francese del XVII secolo, molto in voga in Canada, che recita: «Il y a longtemps que je t'aime, Jamais je ne t'oublierai.»

9 giugno

Caro Papà Gambalunga,

Che giornata felice! Ho appena finito il mio ultimo esame... fisiologia. E ora: tre mesi in una tenuta!

Non so cosa sia una tenuta. Non ne ho mai visitata una nella mia vita. Non ne ho mai vista una (eccetto attraverso il finestrino di una macchina), ma sono certa che mi piacerà, e mi piacerà essere *libera*.

Non sono abituata nemmeno a trovarmi al di fuori dell'Istituto John Grier. Ogni volta che ci penso, piccoli brividi di eccitazione percorrono su e giù la mia schiena. Mi sento come se dovessi correre sempre più veloce e continuare a guardarmi le spalle per essere sicura che la signora Lippett non mi stia inseguendo con il braccio teso per afferrarmi.

Non devo obbedire a nessuno quest'estate, vero?

Perlomeno, la vostra autorità nominale non m'infastidisce; siete troppo lontano per farmi in qualche modo del male. La signora Lippett è morta per sempre, per quanto mi riguarda, e i Semple non si aspettano di vigilare sulla mia condotta morale, vero? No, sono sicura di no. Sono proprio cresciuta. Urrà!

Ora vi lascio per preparare il baule, e tre pacchi di bollitori e piatti e cuscini da divano e libri.

Per sempre vostra,
JUDY

P.S. Ecco il mio esame di fisiologia. Pensate che lo avreste potuto passare?

Carissimo Papà Gambalunga,

Sono appena arrivata e non ho ancora disfatto il baule, ma non vedevo l'ora di dirvi quanto ami le tenute. Questo è un luogo paradisiaco, paradisiaco, *paradisiaco*! La casa è quadrata come questa:

E *antica*. Di cento anni o più. Ha una veranda sul lato che non riesco a disegnare e un grazioso porticato sulla parte frontale. Il disegno non gli rende davvero giustizia... quelle cose che sembrano dei piumini per la polvere sono aceri, e quelle cose spinose che costeggiano il

89

vialetto sono pini e abeti mormoranti. Si trova sulla cima di una collina e si affaccia su molte miglia di prati verdi fino a un'altra catena di colline.

Questo è il Connecticut, una serie di onde Marcelle;[73] e la Tenuta Lock Willow è proprio sulla cresta di un'onda. I granai un tempo si trovavano dall'altra parte della strada dove ostruivano la visuale, ma un cortese fulmine è arrivato dal cielo e li ha rasi al suolo.

I residenti sono il signor e la signora Semple e una ragazza come cameriera e due uomini di fatica. Le persone di servizio mangiano in cucina, e i Semple e Judy nella sala da pranzo. Abbiamo mangiato prosciutto e uova e biscotti e miele e dolce di gelatina e una torta e sottaceti e formaggio e tè per cena… e abbiamo conversato molto. Non mi sono mai divertita tanto nella mia vita; sembra che tutto ciò che dico sia spiritoso. Credo che lo sia, perché non sono mai stata in campagna prima d'ora, e le mie domande sono sostenute da un'ignoranza totale.

---

[73] *Marcelle waves* nel testo inglese; fa riferimento a una tipica acconciatura, chiamata anche *Marcelling*, diffusasi durante la Belle Époque, che prende il nome dell'inventore della tecnica, François Marcel Grateau. In questo caso indica, geograficamente parlando, un terreno ondulato fatto di colline e avvallamenti.

La stanza segnata con una croce non è il luogo dov'è stato commesso il delitto, ma quella che occupo. È grande e quadrata e semivuota, con adorabili mobili antichi e finestre che hanno bastoni con tendine verdi decorate con oro che cadono se si toccano. E un grande tavolo quadrato in mogano... trascorrerò l'estate con i gomiti distesi su di esso, a scrivere un romanzo.

Oh, Papà, sono così eccitata! Non posso aspettare la luce del giorno per esplorarla. Sono le 20:30 ora, e sto per spegnere la candela e cercare di riposare. Ci svegliamo alle cinque. Avete mai sentito una cosa tanto divertente? Non posso credere che questa sia realmente Judy. Voi e il Buon Dio mi avete donato più di quanto meriti. Devo essere davvero, davvero, *davvero* una brava persona per ripagarvi. Lo sarò. Vedrete.

Buona notte,
JUDY

P.S. Dovreste sentire le rane gracidare e i porcellini grugnire... e dovreste vedere la luna nuova! L'ho vista sopra la mia spalla destra.

Caro Papà Gambalunga,

Come ha scoperto il vostro segretario di Lock Willow? (Non è una domanda retorica. Sono terribilmente curiosa di saperlo.) Perché sentite un po': il signor Jervis Pendleton un tempo era il proprietario di questa tenuta, ma ora l'ha ceduta alla signora Semple che era la sua vecchia balia. Avete mai sentito di una così buffa coincidenza? Lo chiama ancora «Signorino[74] Jervie»,[75] e racconta di che dolce bambino fosse. Conserva uno dei suoi riccioli in una scatola, ed è rosso ... o perlomeno rossiccio!

Da quando ha scoperto che lo conosco, ho aumentato molto la sua stima nei miei confronti. Conoscere un membro della famiglia Pendleton è la migliore referenza che una persona possa avere a Lock Willow. E la crema di tutta la famiglia è il signorino Jervie ... sono onorata di farvi sapere che Julia appartiene a un ramo inferiore.

La tenuta diventa sempre più piacevole. Ieri sono salita su un carretto che trasporta il fieno. Abbiamo tre grandi

---

[74] *Master* nel testo inglese.
[75] Diminutivo di Jervis.

maiali e nove porcellini, e dovreste vederli mangiare. *Sono veri maiali!* Abbiamo un'illimitata quantità di pulcini e anatre e tacchini e galline faraone. Bisogna essere matti a vivere in una città quando si può vivere in una tenuta.

Il mio compito giornaliero è andare a caccia di uova. Sono caduta da una trave nel fienile ieri, mentre stavo cercando di raggiungere un nido di cui la gallina nera si è appropriata. E nel momento in cui sono rientrata con un ginocchio sbucciato, la signora Semple l'ha medicato con dell'amamelide,[76] mormorando per tutto il tempo «Dio mio! Dio mio! Sembra solo ieri che il signorino Jervie è caduto proprio dalla stessa trave e si è sbucciato proprio lo stesso ginocchio.»

Il paesaggio qui intorno è davvero bellissimo. C'è una vallata e un fiume e moltissime colline boscose, e in lontananza, un'alta montagna azzurra che è semplicemente splendida.

Facciamo il burro due volte a settimana; e conserviamo la panna nella casa sulla sorgente[77] che è realizzata in pietra con un torrente che vi scorre al di sotto. Alcuni contadini qui intorno hanno una scrematrice, ma a noi non interessano queste idee innovative. Può essere un po'

---

[76] *witch-hazel* nel testo inglese; una soluzione fatta con corteccia e foglie dell'amamelide nota per le sue proprietà astringenti e antiemorragiche.

[77] *spring house* c.s.; si fa riferimento a un piccolo edificio situato su una sorgente, che veniva utilizzato come magazzino per conservare i cibi freschi.

faticoso seguire la panna contenuta nelle pentole, ma ripaga abbastanza bene. Abbiamo sei vitelli; e ho scelto un nome per ognuno di loro.

1. Sylvia, perché è nata nei boschi.[78]
2. Lesbia, come la Lesbia di Catullo.
3. Sallie.
4. Julia… un comune animale maculato.
5. Judy, come me.
6. Papà Gambalunga. Non vi dispiace, vero, Papà? È di razza pura del New Jersey e ha un'indole amabile. Assomiglia a questo… potete notare quanto sia appropriato il nome.

Non ho ancora avuto il tempo di iniziare il mio romanzo immortale; la tenuta mi tiene molto impegnata.

Per sempre vostra,
JUDY

P.S. Ho imparato a fare i doughnut.[79]

P.S. (2) Se state pensando di allevare galline, vi posso consigliare le Buff Orpington.[80] Non hanno molte piume arruffate.[81]

P.S. (3) Vorrei inviarvi un pezzettino del buon burro fresco che ho zangolato ieri. Sono una brava casara!

P.S. (4) Questo è un ritratto della signorina Jerusha Abbott, una futura grande scrittrice, che riconduce le mucche a casa.

Ranuncola
Margherita
Bianchina
Bettina
Pallina
Non so disegnare le mucche!

[79] I *doughnuts*, detti anche krapfen o ciambelle fritte, sono un tipico dolce americano fritto, prodotto con un impasto simile a quello del pane (*dough*), solitamente a forma di anello o sferica.

[80] Le Buff Orpington sono una razza di galline inglesi.

[81] *pin feathers* nel testo inglese.

Caro Papà Gambalunga,

Non è divertente? Ho iniziato a scrivervi ieri pomeriggio, ma appena ho impostato l'intestazione, «Caro Papà Gambalunga», mi sono ricordata di aver promesso di raccogliere delle more per cena, quindi sono uscita e ho lasciato il foglio sul tavolo, e quando sono tornata oggi, cosa pensate che abbia trovato posato in mezzo alla pagina? Un vero e proprio ragno Papà Gambalunga![82]

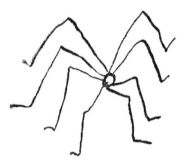

L'ho sollevato molto delicatamente da una gamba, e l'ho gettato fuori dalla finestra. Non farei del male a uno di loro per nulla al mondo. Mi ricordano sempre voi.

Siamo saliti sul calesse[83] questa mattina e ci siamo diretti verso il Centro in chiesa. È una graziosa piccola struttura bianca con una guglia e tre colonne doriche

[82] Cfr. Introduzione, pp. 7-8.
[83] *spring wagon* nel testo inglese.

sulla parte anteriore (o forse ioniche... le confondo continuamente).

Una bella omelia soporifera con tutti che in modo assonnato sventolavano dei ventagli di foglie di palma, e l'unico suono oltre alla voce del pastore, il frinire dei grilli sugli alberi fuori. Non mi sono svegliata finché non mi sono ritrovata in piedi a cantare l'inno, e a quel punto mi sono sentita terribilmente in colpa per non aver ascoltato l'omelia; vorrei conoscere molto di più della psicologia di un uomo che sceglie un simile inno. Faceva così:

> Vieni, abbandona le tue gioie e gli svaghi terreni
> E unisciti a me nelle gioie celestiali.
> O altrimenti, amico caro, dovrò dirti addio.
> Ti lascio ora sprofondare nell'inferno.

Ho scoperto che non è prudente discutere di religione con i Semple. Il loro Dio (che hanno ereditato intatto dai loro lontani antenati puritani) è un Essere limitato, irrazionale, ingiusto, meschino, vendicativo, retrogrado. Grazie al cielo non ho ereditato alcun Dio da nessuno! Sono libera di immaginare il mio come voglio che Lui sia. È gentile e comprensivo e fantasioso e clemente e tollerante... ed Egli ha il senso dell'umorismo.

Adoro immensamente i Semple; la loro pratica è di molto superiore alla loro teoria. Sono migliori del loro Dio. Gliel'ho detto... ed erano terribilmente preoccupati. Pensano che io sia blasfema... e io penso che lo siano loro! Abbiamo abolito la teologia dalla nostra conversazione.

È domenica pomeriggio.

Amasai (l'uomo di fatica) in cravatta viola e guanti in pelle di daino di un giallo acceso, molto infiammato e sbarbato, è appena andato via in macchina con Carrie (la cameriera) in un ampio cappello decorato con rose rosse e un vestito di mussola azzurra e i capelli arricciati in maniera resistente come se fossero dritti. Amasai ha trascorso tutta la mattinata a lavare il calesse; e Carrie è rimasta a casa dalla funzione, apparentemente per preparare la cena, ma in realtà per stirare il vestito di mussola.

Tra due minuti, quando questa lettera sarà conclusa, mi rilasserò con un libro che ho trovato in soffitta. È intitolato *Sulla Pista*,[84] e lungo la prima pagina con la scrittura di un bambino:

Jervis Pendleton
Se questo libro dovesse un giorno o l'altro sfuggire,
Tistrategli le orecchie e rispeditelo a casa.

Ha trascorso l'estate qui una volta, dopo essere stato ammalato, quando aveva all'incirca undici anni; e ha dimenticato *Sulla Pista*. Sembra che sia stato letto molte volte … le impronte delle sue piccole mani sporche sono frequenti! In un angolo della soffitta c'è anche un mulino

---

[84] *On the Trail* nel testo inglese; non è stato possibile individuare il testo in questione.

ad acqua e un mulino a vento e alcuni archi e frecce. La signora Semple parla così frequentemente di lui che inizio a pensare che viva davvero qui... non un uomo adulto con un cappello di seta e un bastone da passeggio, ma un bel ragazzo sporco, con i capelli arruffati che sale rumorosamente le scale con un terribile fracasso, e lascia le porte a zanzariera aperte, e chiede sempre biscotti (e li riceve anche, eccome, se conosco bene la signora Semple!). Sembra che sia stato una piccola anima avventurosa... e coraggiosa e sincera. Mi dispiace pensare che sia un Pendleton; meritava un destino migliore.

Inizieremo la trebbiatura dell'avena domani; arriverà un macchinario a vapore e tre uomini in aggiunta.

Mi addolora dirvi che Ranuncola (la mucca maculata con un corno, la Madre di Lesbia) ha compiuto un'azione disonorevole. Si è introdotta nel frutteto venerdì sera e ha mangiato le mele sotto gli alberi, e ha mangiato e mangiato mele finché non le hanno dato alla testa. Per due giorni è stata completamente ubriaca! È la verità quella che vi sto raccontando. Avete mai sentito qualcosa di più vergognoso?

Signore,

Rimango,

La vostra affezionata orfana,

JUDY ABBOTT

P.S. Indiani nel primo capitolo e banditi nel secondo. Trattengo il respiro. Cosa *può* mai contenere il terzo? «Red Hawk saltò in aria per venti piedi e cadde giù a mangiare la polvere.» Questo è il titolo. Non si stanno divertendo Judy e Jervie?

15 settembre

Caro Papà,

ieri mi sono pesata sulla bilancia per la farina all'emporio dei Corners. Sono ingrassata di nove libbre![85] Vi consiglio Lock Willow come centro ricostituente.

Per sempre vostra,
JUDY

[85] Una libbra (pound) corrisponde a circa 0,45 kg circa, quindi 9 libbre sono poco più di 4 kg.

25 settembre

Caro Papà Gambalunga,

Ammiratemi... sono una studentessa del secondo anno! Sono tornata lo scorso venerdì, dispiaciuta di lasciare Lock Willow, ma lieta di rivedere il campus. *È* una sensazione piacevole tornare in qualcosa di familiare. Inizio a sentirmi a casa al college, e padrona della situazione; inizio, infatti, a sentirmi a casa nel mondo... come se davvero vi appartenessi e non ci fossi semplicemente entrata a malincuore.

Suppongo che non capiate neanche un po' cosa cerco di dire. Una persona abbastanza importante da essere un Benefattore non può comprendere i sentimenti di una persona così insignificante da essere una trovatella.

E ora, Papà, sentite. Con chi pensate che condivida la camera? Sallie McBride e Julia Rutledge Pendleton. È la verità. Abbiamo uno studio e tre stanzette... *voilà!*[86]

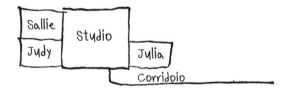

---

[86] In francese nel testo.

Sallie e io avevamo deciso la scorsa primavera che avremmo voluto condividere la camera, e Julia ha deciso di stare con Sallie... il perché non riesco a immaginarlo, dal momento che non sono neanche minimamente simili; ma i Pendleton sono naturalmente conservativi e ostili (bella parola!) al cambiamento. Comunque, eccoci qua. Immaginate Jerusha Abbott, a lungo parte dell'Istituto per Orfani John Grier, dividere la stanza con una Pendleton. Questo è un paese democratico.

Sallie concorre per diventare rappresentante di classe, e a meno che non vengano meno tutte le firme, sarà eletta. Che atmosfera di intrighi... dovreste vedere che politici che siamo! Oh, ve lo dico, Papà: quando noi donne otterremo i nostri diritti, voi uomini dovrete stare allerta per mantenere i vostri.[87] L'elezione si terrà il prossimo sabato, e faremo una fiaccolata in serata, non importa chi vincerà.

Inizierò chimica, una materia molto strana. Non ho mai visto nulla di simile prima. Molecole e Atomi sono

---

[87] Il movimento per l'emancipazione femminile, nato in Inghilterra sul finire del XVIII secolo e sviluppatosi in America a partire dalla metà del secolo successivo, porterà dopo decenni di lotte al diritto di voto politico per le donne (Finlandia [1906], Norvegia [1907], Danimarca [1915], Inghilterra [1918], Germania [1919], Stati Uniti [1920], Francia [1945], Italia [1946]).

i materiali adoperati, ma sarò nella posizione di parlarvene in maniera più definita il mese prossimo.

Seguirò anche argomentazione e logica.

Anche storia del mondo intero.

Anche le opere teatrali di William Shakespeare.

Anche francese.

Se continuerò a fare tutto questo per molti anni ancora, dovrei diventare abbastanza intelligente.

Avrei dovuto scegliere economia invece di francese, ma non ho osato, perché temevo che se non avessi scelto nuovamente francese, il Professore non mi avrebbe promossa... così, sono riuscita a passare agli esami di giugno. Ma, lasciate che ve lo dica, la mia preparazione di scuola superiore non era molto adeguata.

C'è una ragazza in classe che chiacchiera amabilmente in francese in maniera disinvolta come fa in inglese. È stata all'estero con i suoi genitori quando era piccola, e ha trascorso tre anni in una scuola conventuale. Potete immaginare quanto sia brillante se paragonata a tutte noi... i verbi irregolari sono semplici giochetti per lei. Vorrei che i miei genitori mi avessero abbandonata in un convento francese quando ero piccola invece che in un orfanotrofio. Oh, no, non lo avrei voluto! Perché allora forse non vi avrei mai conosciuto. Preferisco conoscere voi che il francese.

Arrivederci, Papà. Devo far visita a Harriet Martin ora, e, dopo aver parlato della situazione in chimica, casualmente lascerò cadere alcune osservazioni sull'argomento della nostra nuova rappresentante di classe.

Vostra in politica,
J. ABBOTT

17 ottobre

Caro Papà Gambalunga,

Supponiamo che la vasca di nuoto nella palestra fosse riempita per intero di gelatina al limone, una persona che cercasse di nuotare riuscirebbe a rimanere a galla o affonderebbe?

Stavamo mangiando gelatina al limone per dessert quando la questione è emersa. Ne abbiamo discusso animatamente per mezz'ora ed è ancora insoluta. Sallie pensa che riuscirebbe a nuotarci, ma io sono completamente certa che il miglior nuotatore del mondo affonderebbe. Non sarebbe buffo essere sommersi di gelatina al limone?

Altri due problemi stanno interessando il nostro tavolo.

I. Che forma hanno le camere in una casa ottagonale? Alcune ragazze insistono sul fatto che sono quadrate; ma io penso che dovrebbero avere la forma di una fetta di torta. Non lo pensate anche voi?

II. Supponiamo che ci sia una grandissima sfera cava fatta di specchi e foste seduto all'interno di essa. Dove smetterebbe di riflettere la vostra faccia e inizierebbe a riflettere la vostra schiena? Più si pensa al problema, più diventa enigmatico. Potete vedere con che riflessioni filosoficamente profonde impegniamo il nostro tempo libero!

Vi ho mai parlato dell'elezione? È avvenuta tre giorni fa, ma viviamo talmente velocemente che tre settimane sono preistoria.[88] Sallie è stata eletta, e abbiamo fatto una fiaccolata con cartelloni trasparenti con la scritta «McBride per Sempre», e con una banda costituita da quattordici componenti (tre armoniche a bocca e undici pifferi).

Siamo delle persone molto importanti alla "258", ora. Io e Julia abbiamo avuto una considerevole fama di riflesso. È una specie di onore vivere nella stessa casa di una rappresentante di classe.

Bonne nuit, cher Papà.[89]
Acceptez mez compliments,
Tres respectueux,
je suis,
Votre JUDY[90]

---

[88] *ancient history* nel testo inglese; idioma che indica qualcosa successo moltissimo tempo prima e ormai dimenticato.

[89] [Buonanotte, caro Papà].

[90] [Vogliate accettare i miei saluti, molto rispettosi, sono la vostra Judy].

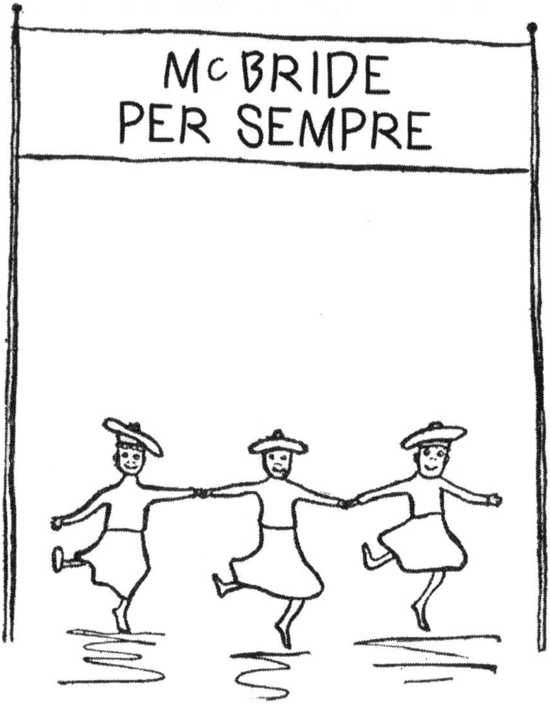
McBRIDE
PER SEMPRE

12 novembre

Caro Papà Gambalunga,

Ieri abbiamo battuto le Matricole a pallacanestro. Di certo siamo soddisfatte … ma oh, se solo potessimo battere le studentesse del Terzo anno! Sarei disposta a ritrovarmi nera e blu su tutto il corpo e a stare a letto per una settimana in bendaggi di amamelide.

Sallie mi ha invitata a trascorrere le vacanze di Natale con lei. Vive a Worcester, nel Massachusetts. Non è stato carino da parte sua? Vorrei andare. Non sono mai stata in una famiglia privata nella mia vita, eccetto che a Lock Willow, e i Semple erano adulti e anziani e non contano. Ma i McBride hanno una casa piena di ragazzi (a ogni modo due o tre) e una madre e un padre e una nonna, e un gatto d'Angora.[91] È una famiglia perfettamente al completo! Preparare il baule e andare via è più divertente che rimanere qui. Sono terribilmente eccitata alla prospettiva.

---

[91] È una razza di piccolo felino originaria della Turchia, caratterizzata dal pelo lungo e setoso.

Settima ora… devo correre alle prove. Sarò parte dello spettacolo per il Giorno del Ringraziamento.[92] Un principe in una torre con una tunica di velluto e boccoli biondi. Non è uno spasso?

Vostra,
J. A.

Sabato

Volete vedere che aspetto ho? Ecco una fotografia di tutte e tre che ha scattato Leonora Fenton.

La ragazza chiara che sta ridendo è Sallie, e quella alta con il naso all'insù è Julia, e quella bassa con i capelli sparsi sul viso è Judy… è davvero più bella che in foto, ma aveva il sole negli occhi.

---

[92] Il *Thanksgiving Day* è l'annuale giorno del Ringraziamento, celebrato in USA a partire dal 1879 nel mese di novembre.

Caro Papà Gambalunga,

Volevo scrivervi prima e ringraziarvi per l'assegno di Natale, ma la vita in casa McBride è davvero impegnativa, e sembra che non sia in grado di trovare due minuti consecutivi da trascorrere al tavolino.

Ho comprato un abito nuovo... uno di cui non avevo bisogno, ma che desideravo. Il mio regalo di Natale quest'anno arriva da Papà Gambalunga; la mia famiglia ha inviato solo gli auguri.

Ho trascorso la più bella vacanza soggiornando da Sallie. Abita in una grande casa antica in mattoni con cornicioni bianchi posta a distanza dalla strada... proprio il tipo di abitazione che ero solita guardare con curiosità quando ero all'Istituto John Grier, e mi chiedevo che aspetto potesse avere all'interno. Non mi sarei mai aspettata di vederla con i miei occhi... ma eccomi qua! Tutto è così confortevole e rilassante e accogliente; giro da una stanza all'altra e m'inebrio dell'arredamento.

È la casa ideale in cui i bambini possono crescere; con nicchie in ombra per giocare a nascondino, e caminetti aperti per i pop-corn, e una mansarda in cui divertirsi durante le giornate uggiose, e corrimano scivolosi con un comodo pomello piatto sul fondo, e una cucina molto grande e luminosa, e una bella cuoca pingue e solare che vive nella loro famiglia da tredici anni e ha sempre conservato una parte di impasto da infornare per i bambini. Solo la vista di una simile abitazione ti fa desiderare di ritornare sempre bambino.

E lo stesso i membri della famiglia! Non avrei mai immaginato che potessero essere così piacevoli. Sallie ha un padre e una madre e una nonna, e la più dolce sorellina di tre anni tutta boccoli, e un fratello di media altezza che dimentica sempre di pulirsi le scarpe, e un fratello grande e di bell'aspetto di nome Jimmie, che è al terzo anno a Princeton.

Ci divertiamo moltissimo a tavola... tutti ridono e scherzano e parlano contemporaneamente, e non dobbiamo recitare la preghiera prima dei pasti. È un sollievo non dover ringraziare Qualcuno per ogni boccone che mangi (oserei dire che sono blasfema; ma lo sareste anche voi se aveste offerto tanti ringraziamenti obbligatori quanti ne ho dovuti offrire io).

Quante cose abbiamo fatto... non so proprio da dove iniziare a raccontarvele. Il signor McBride possiede una fabbrica, e la Vigilia di Natale vi ha preparato un albero per i bambini dei suoi impiegati. Era nella lunga stanza per l'imballaggio che era decorata con sempreverdi e agrifogli. Jimmie McBride era vestito da Babbo Natale e Sallie e io lo abbiamo aiutato a distribuire i regali.

Povera me, Papà, ma è stata una sensazione divertente! Mi sentivo generosa come un Benefattore dell'Istituto John Grier. Ho baciato un bambino dolce e appiccicoso... ma non penso di aver dato un colpetto sulla testa di uno di loro!

E due giorni dopo Natale, hanno dato un ballo nella loro casa in MIO onore.

È stato il primo vero ballo al quale ho partecipato... il college non conta perché si balla fra ragazze. Ho ricevuto un nuovo vestito da sera bianco (il vostro regalo di Natale... grazie mille) e dei lunghi guanti bianchi e scarpette da ballo di satin bianco. L'unico inconveniente alla mia felicità perfetta, totale, assoluta è stato il fatto che la signora Lippett non potesse vedermi condurre un cotillon[93] con Jimmie McBride. Riferiteglielo, vi prego, la prossima volta che visiterete l'I. J. G.

Per sempre vostra,
JUDY ABBOTT

P.S. Sareste terribilmente contrariato, Papà, se non mi rivelassi una Grande Scrittrice dopotutto, ma solo una Semplice Ragazza?

---

[93] Ballo simile alla quadriglia considerato antesignano della stessa, al termine del quale si distribuivano piccoli regali.

Caro Papà,

Oggi abbiamo iniziato a passeggiare verso la città, ma misericordia! Com'è piovuto a dirotto. Mi piace che l'inverno sia inverno con la neve invece della pioggia.

Il piacevole zio di Julia è venuto di nuovo questo pomeriggio... e ha portato una scatola di cioccolatini da cinque pound. Si hanno dei vantaggi, come vedete, nell'alloggiare con Julia.

Il nostro innocente brusio è sembrato divertirlo e ha ritardato la partenza in treno per prendere il tè con noi nello studio. E abbiamo avuto moltissimi problemi terribili per avere il permesso. È abbastanza faticoso intrattenere padri e nonni, ma gli zii sono anche peggiori; e per quanto riguarda i fratelli e i cugini, sono vicini all'impossibile. Julia ha dovuto giurare che era suo zio davanti al pubblico ufficiale[94] e poi ha fatto allegare il certificato dell'addetto della contea (non mi intendo molto di diritto?). E anche dopo, dubito che avremmo potuto prendere il tè se il Decano avesse avuto la possibilità di vedere l'aspetto giovanile e attraente di Zio Jervis.

---

[94] *Notary public* nel testo inglese; con questo termine si indica un funzionario che tra i suoi compiti ha anche quello di attestare e certificare l'autenticità dei documenti ufficiali, ma è una figura del tutto diversa dal notaio italiano.

Comunque, lo abbiamo bevuto, con tramezzini di pane integrale[95] e formaggio svizzero. Ci ha aiutato a prepararli e poi ne abbiamo mangiati quattro. Gli ho detto che ho trascorso l'estate a Lock Willow, e abbiamo passato il tempo a raccontare splendidi pettegolezzi riguardo ai Semple, e ai cavalli e alle mucche e alle galline. Tutti i cavalli che un tempo conosceva sono morti, eccetto Grover, che era un piccolo puledro al tempo della sua ultima visita... e il povero Grover ora è talmente anziano che può solo zoppicare sul terreno a pascolo.

Mi ha domandato se ancora tengono i doughnut[96] in un vasetto in terracotta giallo coperto con un piatto azzurro in cima allo scaffale della dispensa... ed è così! Voleva sapere se ci fosse ancora la tana di una marmotta sotto un cumulo di rocce nel terreno a pascolo notturno... ed è così! Amasai lì ne ha catturata una grande, grossa e grigia quest'estate, la venticinquesima pronipote di quella che il signorino Jervie catturò quand'era un bambino.

L'ho chiamato «Signorino Jervie» in sua presenza, ma non mi è sembrato offeso. Julia dice che non l'ha mai visto così affabile; solitamente è abbastanza scostante. Ma Julia non ha per nulla tatto; e gli uomini, ritengo, ne richiedono molto. Fanno le fusa se li tratti nel modo giusto e sbuffano

[95] *Brown bread* nel testo inglese; è un pane composto da farina di mais, farina di grano bianco o integrale, melassa, acqua frizzante, e latte o acqua liscia.
[96] Vd. nota 79.

se non lo fai (questa non è una metafora proprio elegante. Intendo in modo figurato).

Stiamo leggendo il diario di Marie Bashkirtseff.[97] Non è meraviglioso? Sentite un po': «La scorsa notte sono stata assalita da un attacco di disperazione tanto che ho trovato sfogo nei gemiti, e questo mi ha spinta alla fine a gettare l'orologio della sala da pranzo in mare.»

Mi fa quasi sperare che io non sia un genio; dev'essere davvero logorante avere a che fare con loro… e terribilmente distruttivo per la mobilia.

Misericordia!
Come continua a diluviare.
Dovremo nuotare fino
alla cappella stasera.
Per sempre vostra,
JUDY

---

[97] Marija Konstantinovna Baškirceva, più comunemente nota come Marie Bashkirtseff (1858-1884), è una pittrice e scrittrice russa; il suo diario iniziato nel 1873 fu pubblicato postumo nel 1885.

20 gennaio

Caro Papà Gambalunga,

Avete mai avuto una bella bambina che vi è stata rapita dalla culla durante l'infanzia?

Probabilmente, quella sono io! Se fossimo parte di un romanzo, questo sarebbe un *dénouement*,[98] non è così?

È davvero terribilmente strano non conoscere ciò che si è ... in un certo senso eccitante e romantico. Ci sono talmente tante possibilità. Forse non sono americana; molte persone non lo sono. Potrei essere una diretta discendente degli antichi Romani, o potrei essere la figlia di un Vichingo, o potrei essere la figlia di un esule Russo e appartengo per legge alla prigione Siberiana, o potrei essere una gitana... penso che forse lo sono. Ho uno spirito molto *ramingo*, sebbene non abbia avuto ancora molte occasioni per svilupparlo.

Vi è nota quella macchia vergognosa nella mia carriera... quella volta in cui sono fuggita dall'istituto perché mi avevano punita per aver rubato i biscotti? Si trova scritto nel libro disponibile a ogni Benefattore che lo voglia leggere. Ma in effetti, Papà, cosa vi potevate aspettare?

[98] [Conclusione, finale].

117

Quando si mette una bambina affamata di nove anni nella dispensa a pulire i coltelli, con un vasetto di biscotti vicino al gomito, e ci si allontana e la si lascia sola; e poi improvvisamente si ritorna, non ci si aspetta di trovarla un po' coperta di briciole? E poi quando la si strattona per il braccio e le si tirano le orecchie, e la si fa allontanare dal tavolo quando arriva il pudding, e si dice agli altri bambini che è perché è una ladra, come non aspettarsi che scappi?

Mi sono solo allontanata di quattro miglia.[99] Mi hanno presa e riportata indietro, e ogni giorno per una settimana venivo legata, come un cucciolo disobbediente, a un palo nel cortile retrostante mentre gli altri bambini erano fuori durante la ricreazione.

Oh, ahimè! Ecco la campana della cappella, e dopo la cappella ho un incontro con il comitato. Mi scuso perché volevo scrivervi una lettera *davvero* divertente questa volta.

Auf wiedersehen[100]
Cher Papà
Pax tibi![101]
JUDY

P.S. C'è un'altra cosa di cui sono completamente sicura. *Non* sono una Cinese.

---

[99] Quasi 6,5 km.
[100] In tedesco nel testo [arrivederci].
[101] Formula latina di saluto, traducibile con 'pace a te'.

4 febbraio

Caro Papà Gambalunga,

Jimmie McBride mi ha inviato uno stendardo di Princeton grande quanto una parete della camera; gli sono davvero grata per essersi ricordato di me, ma non so proprio cosa possa farne. Sallie e Julia non mi permetteranno di appenderlo; la nostra stanza quest'anno è arredata in rosso, e potete immaginare che effetto farebbe se aggiungessi dell'arancione e del nero. Ma è così bello, caldo, spesso al tatto, mi rincresce sprecarlo. Sarebbe molto inappropriato trasformarlo in una veste da camera? La mia precedente si è ristretta quando è stata lavata.

Ultimamente ho totalmente tralasciato di dirvi cosa sto imparando, ma sebbene non possiate evincerlo dalle mie lettere, il mio tempo è esclusivamente occupato dallo studio.

6 A.M.

E l'uccello mattiniero che prende il verme

119

È davvero una faccenda complicata essere istruita in cinque materie contemporaneamente.

«Il requisito della vera erudizione», dice il Professore di chimica, «è una scrupolosa passione per i dettagli.»

«State attenti a non focalizzarvi sui dettagli»,[102] dice il Professore di storia. «State abbastanza distanti per cogliere una prospettiva d'insieme.»

Potete vedere con quale attenzione dobbiamo allestire le nostre vele per navigare fra la chimica e la storia. Preferisco di più il metodo storico. Se dico che Guglielmo il Conquistatore è giunto nel 1492, e che Colombo ha scoperto l'America nel 1100 o 1066 o quando è successo, è un mero dettaglio che il Professore ignora.[103] Ti dà una sensazione di sicurezza e rilassatezza durante la ripetizione di storia, che manca completamente in chimica.

Campana della sesta ora... devo andare in laboratorio ed esaminare una questioncella riguardante acidi e sali e alcalini. Ho provocato una bruciatura, un buco grande quanto un piatto sulla parte anteriore del mio camice di chimica, con l'acido cloridrico. Se la teoria funzionasse, dovrei riuscire a neutralizzare il buco con della buona ammoniaca pura, non è così?

Esami la prossima settimana, ma chi ne è spaventato?

Per sempre vostra,
JUDY

---

[102] *To keep your eyes glued to detail* nel testo inglese; idioma letteralmente traducibile con 'tenere gli occhi incollati sui dettagli'.

[103] Judy inverte volutamente le date.

5 marzo

Caro Papà Gambalunga,

C'è un vento marzolino che soffia, e il cielo è pieno di cariche nuvole nere in movimento. I corvi sui pini stanno facendo un tale schiamazzo! È un rumore *da richiamo* stimolante e allo stesso tempo che dà alla testa. Vorresti chiudere i libri e andare fuori sulle colline a gareggiare con il vento.

Abbiamo fatto la caccia alla volpe[104] lo scorso sabato per oltre cinque miglia[105] di terreno fangoso[106] attraverso la campagna. La volpe (formata da tre ragazze con moltissimi coriandoli) è partita mezz'ora prima delle ventisette cacciatrici. Io ero una delle ventisette cacciatrici; otto si sono arrestate; siamo rimaste in diciannove. Il percorso portava su una collina, attraverso un campo di granturco, e in una palude dove dovevamo saltare con agilità da un sasso all'altro. Di certo la metà di noi è sprofondata fino alle caviglie. Abbiamo continuato a perdere il sentiero, e sprecato venticinque minuti in quella palude. Poi su per la

[104] *paper chase* nel testo inglese.
[105] Circa 8 km.
[106] *Squashy* nel testo inglese; termine onomatopeico che riproduce il rumore dei piedi su un terreno umido.

collina attraverso un bosco e verso la finestra di un granaio! Le porte del granaio erano tutte serrate e la finestra era molto in alto e piuttosto piccola. Non credo sia giusto, e voi?

Ma non ci siamo passate attraverso; abbiamo circumnavigato il granaio e ripreso il percorso dove sboccava passando per un basso tetto spiovente sulla cima di una recinzione. La volpe pensava che ci fossimo cascate, ma l'abbiamo ingannata. Poi immediatamente oltre due miglia[107] di prato in pendio, e terribilmente difficile da seguire, perché i coriandoli stavano scarseggiando. La regola è che devono essere distanti al massimo sei piedi l'uno dall'altro,[108] ma erano i più lunghi sei piedi che io abbia mai visto. Infine, dopo due ore di corsa[109] ininterrotta, abbiamo inseguito Monsieur Fox[110] nella cucina di Crystal Spring (è una tenuta in cui le ragazze giungono con le slitte e i carretti che trasportano il fieno per una cena a base di pollo e waffle)[111] e abbiamo trovato le tre volpi a mangiare placidamente latte e miele e biscotti. Non avevano immaginato che saremmo arrivate così lontano; si aspettavano che ci incastrassimo nella finestra del granaio.

---

[107] 3,21 km.

[108] Poco meno di 2 m.

[109] *Trotting* nel testo inglese.

[110] Signor Volpe, al maschile.

[111] I *waffle* sono dolci croccanti di pastella, cotti con la piastra apposita (*waffle iron*); *chicken and waffle* è un piatto tradizionale americano.

Entrambi gli schieramenti insistono di avere vinto. Penso che abbiamo vinto noi, e voi? Perché le abbiamo prese prima che ritornassero al campus. Comunque, tutte e diciannove ci siamo sistemate come locuste sulla mobilia e abbiamo richiesto insistentemente del miele. Non ce n'era abbastanza da condividere, ma la signora Crystal Spring (è il nostro nomignolo per lei; per legge è una Johnson) ha portato un vasetto di marmellata di fragole e un boccale di sciroppo d'acero – fatto proprio la scorsa settimana – e tre pagnotte di pane integrale.

Non siamo ritornate al college prima delle sei e mezza – mezz'ora in ritardo per la cena – e ci siamo andate immediatamente senza vestiti adatti, e con un appetito perfettamente inalterato! Poi abbiamo saltato la funzione della sera, lo stato pietoso dei nostri stivali è bastato come scusa.

Non vi ho mai parlato dei miei esami. Li ho passati tutti con estrema facilità… ora conosco il segreto, e non mi lascerò mai più bocciare. Tuttavia, non mi sarà possibile laurearmi con lode, a causa di quel bestiale primo anno con prosa latina e geometria. Ma non m'importa. Che sono mai le piccole avversità se sei felice? (è una citazione. Ho letto i classici inglesi.)[112]

Parlando di classici, avete letto *Amleto*?[113] Se non l'avete ancora fatto, leggetelo subito. È *assolutamente straordinario.*

---

[112] «Wot's the hodds so long as you'r 'appy?» è una frase tratta da *Man in the Moon* di Angus Bethune Reach (1821- 1856).

[113] Una fra le più celebri tragedie di William Shakeapeare, già citato nella lettera del 25 settembre (vd. p. 104).

Ho sentito parlare di Shakespeare per tutta la vita, ma non avevo idea che scrivesse così bene; ho sempre sospettato che fosse largamente sopravvalutato.

C'è un bellissimo gioco che ho inventato molto tempo fa appena ho imparato a leggere. Mi addormento ogni notte fingendo di essere il personaggio (il personaggio più importante) del libro che sto leggendo in quel momento.

In questo momento sono Ofelia... e un'Ofelia davvero giudiziosa! Intrattengo continuamente Amleto, e lo accarezzo e lo rimprovero e gli faccio coprire il collo quando ha il raffreddore. L'ho fatto guarire totalmente dall'essere malinconico. Il Re e la Regina sono entrambi deceduti – un incidente per mare; nessun funerale necessario – quindi Amleto e io stiamo regnando in Danimarca senza alcun impaccio. Lui provvede all'amministrazione, e io mi occupo della beneficienza. Ho appena fondato degli orfanotrofi di prima classe. Se voi o qualunque altro Benefattore voleste visitarli, sarò onorata di mostrarveli. Penso che vi potreste trovare moltissimi suggerimenti utili.

Rimango, signore,
la più cortesemente vostra,
OFELIA,
Regina di Danimarca

24 marzo
forse il 25

Caro Papà Gambalunga,

Non credo che potrò andare in Paradiso... sto ricevendo talmente tante cose belle qui; non sarebbe giusto portarsele anche nell'aldilà. Sentite cos'è accaduto.

Jerusha Abbott ha vinto il concorso di racconti che il *Monthly* organizza ogni anno (un premio di venticinque dollari). Ed è una studentessa del Secondo anno! La maggior parte dei partecipanti è dell'Ultimo anno. Quando ho visto il mio nome affisso, a stento potevo credere che fosse vero. Forse diventerò una scrittrice dopotutto. Vorrei che la signora Lippett non mi avesse dato un nome così sciocco... suona come quello di una scrittora, no?[114]

---

[114] *it sounds like an author-ess, does n't it?* nel testo inglese; «authoress» è un femminile arcaico di «author», termine quest'ultimo che si usa per entrambi i generi, Judy probabilmente si riferisce al fatto che il nome che le è stato dato, cioè Jerusha, non sia tanto moderno e adatto a una scrittrice.

Sono anche stata scelta per lo spettacolo di primavera all'aperto... *Come vi piace*.[115] Interpreterò Celia, cugina di Rosalind.

E infine: Julia, Sallie e io andremo a New York il prossimo venerdì per fare un po' di compere primaverili e staremo tutta la notte e andremo a teatro il giorno successivo con il «Signorino Jervie.» Ci ha invitate lui. Julia starà a casa con la sua famiglia, ma Sallie e io ci fermeremo all'Hotel Martha Washington.[116] Avete mai sentito qualcosa di più eccitante? Non sono mai stata in un hotel in tutta la mia vita, e nemmeno a teatro; eccetto una volta quando la Chiesa Cattolica ha tenuto una festa e ha invitato gli orfani, ma non era un vero spettacolo teatrale e non conta.

E che pensate che andremo a vedere? *Amleto*. Pensateci! L'abbiamo studiato per quattro settimane a lezione di Shakespeare e lo conosco a menadito.

Sono così eccitata da tutti questi progetti e riesco a stento a dormire.

Arrivederci, Papà.

Questo è davvero un mondo interessante.

Per sempre vostra,
JUDY

[115] *As You Like It*, celebre commedia di Shakespeare.
[116] Hotel storico di New York costruito fra il 1901 e il 1903, inizialmente destinato a sole donne, conosciuto anche come *The Redbury New York*.

P.S. Ho appena guardato il calendario. È il 28.

Un altro postscriptum.

Ho visto il conducente di un tram oggi con un occhio castano e uno azzurro. Non sarebbe un perfetto cattivo per una storia poliziesca?

7 aprile

Caro Papà Gambalunga,

Misericordia! Non è grande New York? Worcester non è nulla a paragone. Volete dirmi che effettivamente vivete in tutta quella confusione? Non credo che mi riprenderò per mesi dalla stupefacente impressione di due giorni. Non riesco a cominciare a raccontarvi tutte le cose meravigliose che ho visto; suppongo le conosciate, però, dal momento che voi stesso vivete lì.

Ma non sono interessanti le strade? E le persone? E i negozi? Non ho mai visto così tante cose adorabili quante ce ne sono nelle vetrine. Ti fanno desiderare di dedicare la tua vita a indossare vestiti.

Sallie, Julia e io siamo andate a fare compere insieme sabato mattina. Julia è entrata nel posto più splendido che abbia mai visto, pareti bianche e oro e tappeti azzurri e tende di seta azzurra e sedie dorate. Una donna straordinariamente bella con i capelli biondi e un lungo vestito nero di seta con strascico ci è venuta incontro con un sorriso accogliente. Ho pensato che stessimo facendo una visita amichevole, e stavo per stringerle la mano, ma pare che stessimo solo comprando dei cappelli... perlomeno Julia lo stava facendo. Si è seduta di fronte a uno specchio e ne ha provati una dozzina, uno più adorabile dell'altro, e ha comprato i due più adorabili tra tutti.

Non riesco a immaginare una gioia più grande nella vita che stare sedute di fronte a uno specchio e comprare ogni cappello che scegli senza dover considerare il prezzo in anticipo! Non c'è alcun dubbio, Papà; New York minerà rapidamente questo carattere piacevole e stoico che l'Istituto John Grier ha così pazientemente costruito.

E dopo aver finito i nostri acquisti, abbiamo incontrato il signorino Jervie da Sherry.[117] Suppongo che siate stato da Sherry? Figuratevelo, poi immaginate una sala da pranzo dell'Istituto John Grier con i tavoli coperti da tovaglie unte, e stoviglie bianche che *non puoi* rompere, e coltelli e forchette con manici di legno; e immaginate come mi sono sentita!

Ho mangiato il pesce con la forchetta sbagliata, ma molto gentilmente il cameriere me ne ha offerta un'altra cosicché nessuno lo notasse.

E dopo pranzo siamo andati a teatro – è stato stupefacente, meraviglioso, indescrivibile – lo sogno ogni notte.

Non è straordinario Shakespeare?

Amleto è di molto meglio sul palcoscenico che quando lo analizzi in classe; l'ho apprezzato prima, ma ora, oddio!

[117] Elegante ristorante fondato da Louis Sherry nel 1880 sulla 38ª di Sixth Avenue.

Penso, se non vi dispiace, che potrei essere un'attrice piuttosto che una scrittrice. Non vi dispiacerebbe se lasciassi il college e andassi a scuola di recitazione? E poi vi darei il palchetto per ogni mia esibizione, e vi sorriderei attraverso le luci della ribalta. Indossate solo una rosa rossa nell'occhiello, vi prego, così sarò sicura di sorridere all'uomo giusto. Sarebbe un errore terribilmente imbarazzante se scegliessi quello sbagliato.

Siamo tornate sabato notte e abbiamo cenato in treno, a dei tavolini con lampade rosa e camerieri neri. Non avevo mai sentito parlare prima di pasti serviti sui treni, e inavvertitamente l'ho detto.

«Dove diamine sei cresciuta?», mi ha detto Julia.

«In un villaggio», ho risposto, docilmente a Julia.

«Ma non hai mai viaggiato?» mi ha detto lei.

«Non fino a quando non sono venuta al college, e poi era solo a centosessanta miglia[118] e non mangiavamo» le ho detto.

Ha iniziato a interessarsi abbastanza a me, perché ho detto delle cose così buffe. Ho arduamente tentato di non farlo, ma balzano fuori quando vengo presa alla sprovvista... e vengo presa alla sprovvista molto spesso. È un'esperienza vertiginosa, Papà, trascorrere diciotto anni all'Istituto John Grier, e poi di colpo essere lanciata nel MONDO.

[118] Poco più di 257 km.

Ma mi sto acclimatando. Non compio terribili errori come facevo prima; e non mi sento più a disagio con le altre ragazze. Ero solita sentirmi in imbarazzo ogniqualvolta le persone mi osservavano. Mi sentivo come se guardassero proprio dentro i miei nuovi abiti finti fino alla percalle a quadretti al di sotto. Ma non permetterò più che la percalle mi tormenti. È sufficiente preoccuparsi della felicità presente, non del male passato.[119]

Ho dimenticato di dirvi dei fiori. Il signorino Jervie ha dato a ciascuna di noi un grande mazzo di violette e di mughetti. Non è stato carino da parte sua? In passato non mi sono mai curata degli uomini – giudicandoli attraverso i Benefattori – ma sto cambiando idea.

Undici pagine... questa è una lettera! Fatevi coraggio. Sto per finire.

Per sempre vostra,
JUDY

---

[119] Matteo 6, 34.

10 aprile

Caro Sig. Riccone,

Ecco il vostro assegno di cinquanta dollari. Vi ringrazio molto, ma non mi sento di poterlo tenere. La mia paga è sufficiente per permettermi tutti i cappelli di cui ho bisogno. Mi dispiace di aver scritto tutte quelle sciocchezze riguardo al negozio di moda; era solo che non avevo mai visto nulla del genere prima.

Comunque, non stavo chiedendo l'elemosina! E non accetterò altra beneficienza di quanta ne debba accettare.

Sinceramente vostra,
JERUSHA ABBOTT

11 aprile

Carissimo Papà,

Mi perdonate, vi prego, per la lettera che ho scritto ieri? Dopo averla imbucata mi sentivo in colpa, e ho cercato di riaverla indietro, ma quell'ottuso impiegato delle poste non me l'ha voluta ridare.

È notte inoltrata ora; sono stata sveglia per ore a pensare a che Verme sono – che Verme Millepiedi – ed è la cosa peggiore che possa dire! Ho chiuso la porta molto delicatamente nello studio così da non svegliare Julia e Sallie, e sono seduta sul letto a scrivervi su un foglio strappato dal mio quaderno di storia.

Volevo solo dirvi che mi dispiace se sono stata così sgarbata riguardo all'assegno. So che volevate essere gentile, e penso che siate un caro vecchietto a prendervi così tanto disturbo per una cosa così sciocca come un cappello. Avrei dovuto restituirvelo in modo molto più cortese.

Ma in ogni caso, dovevo restituirvelo. La cosa è diversa per me rispetto alle altre ragazze. Possono accettare con naturalezza le cose dalle persone. Hanno padri e fratelli e zie e zii; ma io non posso avere un rapporto del genere con nessuno. Mi piace fingere che voi mi apparteniate, giusto per giocare con questa idea, ma di certo so che non lo siete. Sono sola, davvero – con la schiena contro il muro a combattere il mondo – e mi sento come soffocare quando ci penso. La scaccio dalla mia mente, e continuo a fingere; ma non capite, Papà? Non posso accettare altro denaro di quanto mi è necessario, perché un giorno vorrò restituirvelo, e anche da grande scrittrice quale intendo essere, non sarò in grado di affrontare quel debito *perfettamente enorme*.

Vorrei cappelli e oggetti adorabili, ma non devo ipotecare il futuro per pagarli.

Mi perdonerete, vero, per essere così scortese? Ho la terribile abitudine di scrivere impulsivamente appena penso a qualcosa, e poi spedire la lettera senza poter più tornare indietro. Ma se a volte sembro avventata e ingrata, non intendo esserlo davvero. Nel mio cuore vi ringrazio sempre per la vita e la libertà e l'indipendenza che mi avete dato. La mia infanzia è stata un periodo di ribellione proprio lungo, cupo, e ora sono così felice in ogni momento della giornata che non posso credere che sia vero. Mi sento un'eroina determinata di un libro di racconti.

Sono le due e un quarto. Andrò in punta di piedi fino alla buca delle lettere[120] e la imbucherò subito. La

---

[120] *mail chute* nel testo inglese; antico sistema di raccolta delle lettere negli uffici pubblici, negli hotel e in altri edifici: le lettere venivano lasciate cadere da un'apertura in alto e raccolte, cosicché in

riceverete nella prossima posta subito dopo l'altra; così non avrete molto tempo per pensare male di me.

Buonanotte, Papà,
vi voglio sempre bene,
JUDY

qualsiasi momento non era necessario uscire al di fuori dell'edificio per imbucarle.

4 maggio

Caro Papà Gambalunga,

Giornata dello Sport lo scorso sabato. È stato un evento davvero magnifico. Per prima cosa abbiamo fatto una sfilata di tutte le classi, con tutte le ragazze vestite in lino bianco, le studentesse dell'Ultimo anno portando ombrelli giapponesi azzurri e oro, e quelle del Terzo striscioni bianchi e gialli. La nostra classe aveva palloncini color cremisi – davvero splendidi, specialmente perché sfuggivano e svolazzavano via continuamente – e le studentesse del Primo anno indossavano cappelli di carta velina verde con delle lunghe strisce. E c'era anche una banda in uniformi blu proveniente dalla città. E anche una dozzina circa di personaggi buffi, come pagliacci in un circo, per intrattenere gli spettatori fra le competizioni.

Julia era vestita come un contadino grassottello con uno spolverino di lino e baffi e un immenso ombrello. Patsy Moriarty (Patricia, veramente. Avete mai sentito un nome simile? La signora Lippett non avrebbe potuto fare di meglio) che è alta e magra era la moglie di Julia in un'assurda cuffia verde messa sopra un orecchio. Scrosci di risate le hanno inseguite per tutta la lunghezza del percorso. Julia interpretava la parte estremamente bene. Non avrei mai immaginato che i Pendleton potessero mostrare così tanto spirito umoristico... chiedo umilmente perdono al signorino Jervie; non lo considero un vero Pendleton però, non più di quanto consideri voi un vero Benefattore.

Sallie e io non eravamo parte della sfilata perché ci eravamo iscritte per le competizioni. E cosa pensate? Abbiamo vinto entrambe! Almeno in qualcosa. Abbiamo provato con il salto in lungo e abbiamo perso; ma Sallie ha vinto al salto con l'asta (sette piedi e tre pollici)[121] e io ho vinto le cinquanta iarde[122] (otto secondi).

Ero abbastanza ansimante alla fine, ma è stato un gran divertimento, con tutta la classe che agitava i palloncini ed esultava e urlava:

Come va Judy Abbott?
Lei è ok.
Chi è ok?
Judy Ab-bott!

Questa, Papà, è vera fama. Poi sono ritornata correndo verso il tendone-spogliatoio e sono stata pulita con alcool e mi hanno dato un limone da succhiare. Vedete quanto siamo professionali. È una bella cosa vincere una competizione per la tua classe, perché la classe che vince di più riceve la coppa di atletica per quell'anno.

[121] 2,8 m circa.
[122] La iarda è un'unità di misura inglese; 50 iarde corrispondono a 45,72 metri.

Judy vince la corsa delle cinquanta iarde

L'Ultimo anno ha vinto quest'anno, con sette competizioni a loro favore. L'associazione di atletica ha offerto una cena nella palestra a tutte le vincitrici. Abbiamo mangiato granchi teneri fritti, e gelato al cioccolato modellato a forma di palle da pallacanestro.

Sono stata sveglia per metà della scorsa notte a leggere *Jane Eyre*.[123] Siete abbastanza anziano, Papà, per ricordare sessant'anni fa? E se è così, le persone parlavano davvero in quel modo?

L'arrogante Lady Blanche dice al domestico: «Smettete di chiacchierare, furfante, ed eseguite i miei ordini.» Il signor Rochester parla di volta metallica quando intende il cielo; e per quanto riguarda la donna folle che ride come una iena e appicca fuoco al baldacchino del letto e fa a pezzi il velo del matrimonio e *morde*... è puro melodramma, ma ciò nonostante, leggi e leggi e leggi. Non capisco come una ragazza possa aver scritto un

[123] Vd. nota 25.

simile libro, specialmente una ragazza cresciuta in una canonica. C'è qualcosa riguardo quelle Brontë che mi affascina.[124] I loro libri, le loro vite, il loro spirito. Da dove lo traggono? Quando stavo leggendo delle sofferenze della piccola Jane nella scuola per poveri, mi sono adirata così tanto che sono dovuta uscire a fare una passeggiata. Capisco esattamente come si sentiva. Avendo conosciuto la signora Lippett, ho potuto immaginare il signor Brocklehurst.

Non siate indignato, Papà. Non sto sottintendendo che l'Istituto John Grier fosse come l'Istituto Lowood. Noi avevamo cibo in abbondanza e molti vestiti, acqua a sufficienza per lavarci, e una caldaia nello scantinato. Ma c'era una somiglianza precisissima. Le nostre vite erano completamente monotone e prive di eventi di rilievo. Nessuna cosa bella accadeva, eccetto il gelato di domenica, e anche quello era ordinario. Per tutti i diciotto anni in cui sono stata lì ho vissuto una sola avventura... quando la legnaia si è incendiata. Ci siamo dovute svegliare di notte e vestirci così da essere pronte in caso l'istituto prendesse fuoco. Ma non ha preso fuoco e siamo ritornate a letto.

Tutti amano ogni tanto le sorprese; è un desiderio perfettamente naturale e umano. Ma non ne ho mai avuta una finché la signora Lippett mi ha chiamata nell'ufficio per dirmi che il signor John Smith mi avrebbe

---

[124] Si riferisce ovviamente alle tre sorelle Brontë (Anne, Emily e Charlotte).

mandato al college. E poi ha rivelato la notizia in modo così graduale che mi ha ben poco sconvolta.

Sapete, Papà, penso che la qualità più importante che ogni persona dovrebbe avere sia l'immaginazione. Rende le persone capaci di mettersi nei panni degli altri. Le rende gentili ed empatiche e comprensive. Dovrebbe essere coltivata nei bambini. Ma l'Istituto John Grier sradicava immediatamente il più piccolo scintillio che appariva. Il dovere era l'unica qualità che era incoraggiata. Non penso che i bambini debbano conoscere il significato di quella parola; è odiosa, detestabile. Dovrebbero fare tutto a partire dall'amore.

Aspettate prima di vedere l'orfanotrofio di cui diventerò il capo! È il mio gioco preferito di sera prima di andare a dormire. Pianifico il tutto nei minimi dettagli... pietanze e vestiti e studio e divertimento e punizioni; perché talvolta persino i miei orfani migliori sono cattivi.

Ma comunque, saranno felici. Penso che chiunque, non importa quanti problemi possa avere quando crescerà, debba avere un'infanzia felice verso la quale guardare. E se avrò mai dei bambini miei, non importa quanto infelice possa essere, non permetterò che abbiano alcuna preoccupazione prima di crescere.

(Ecco la campana della cappella... prima o poi finirò questa lettera.)

Giovedì

Quando sono tornata dal laboratorio questo pomeriggio, ho trovato uno scoiattolo seduto sul tavolino da tè che mangiava le mandorle. Queste sono quel tipo di visite che riceviamo ora che è arrivato il clima caldo e le finestre rimangono aperte...

«Cara Signora Centogambe, desiderate una o due zollette di zucchero?»

Sabato mattina

Forse pensate, essendo ieri notte un venerdì, non essendoci lezioni oggi, che io abbia passato una bella serata tranquilla a leggere la raccolta di Stevenson che ho comprato con i soldi del premio?[125] Ma se così fosse, non avete mai frequentato un college femminile, Papà caro. Sei

---

[125] Fa riferimento al concorso letterario della rivista *Monthly* che ha vinto.

amiche hanno fatto un salto per fare il fudge,[126] e una di loro ha versato il fudge – quando era ancora liquido – proprio al centro del nostro miglior tappeto. Non saremo mai in grado di pulire quel disastro.

Non ho menzionato alcuna lezione recentemente; ma le stiamo ancora seguendo ogni giorno. È una sorta di conforto però, allontanarmene e parlare della vita nella sua totalità… invece delle discussioni a senso unico che io e voi intratteniamo, ma questo è un vostro errore. Siete libero di rispondere ogni volta che volete.

Ho scritto e riscritto questa lettera per ben tre giorni, e temo che ora *vous êtes bien* annoiato![127]

Arrivederci, gentile Sig. Uomo,
JUDY

Sig. Papà Gambalunga Smith.

SIGNORE: avendo completato lo studio di argomentazione e della scienza di dividere una tesi in capitoli, ho deciso di adottare la seguente forma di scrittura nelle lettere. Contiene tutti gli avvenimenti necessari, ma non inutile prolissità.

I.   Questa settimana ci sono stati gli esami scritti di:
A.   Chimica

[126] Vd. nota 53.
[127] [Sarete davvero].

B. Storia

II. Stanno costruendo un nuovo dormitorio.

    A. Il materiale è:

        (a) mattone rosso

        (b) pietra grigia

    B. Conterrà:

        (a) un decano, cinque insegnanti

        (b) duecento ragazze

        (c) una governante, tre cuochi, venti cameriere, venti donne di servizio

III. Stasera abbiamo mangiato della giuncata[128] per dessert.

IV. Sto scrivendo uno studio speciale sulle Fonti dei Drammi di Shakespeare.

V. Questo pomeriggio Lou McMahon è scivolata ed è caduta a pallacanestro, e:

    A. Si è lussata una spalla

    B. Si è sbucciata un ginocchio

VI. Ho un nuovo cappello decorato con:

    A. Un nastro di velluto azzurro

    B. Due piume blu

    C. Tre pompon rossi

VII. Sono le nove e mezza.

VIII. Buona notte

JUDY

---

[128] *Junket* nel testo inglese; si tratta di un dessert a base di latte, zucchero, caglio e aromatizzato alla vaniglia.

2 giugno

Caro Papà Gambalunga,

Non indovinerete mai che bella cosa è successa.

I McBride mi hanno chiesto di trascorrere l'estate al loro campo presso gli Adirondack![129] Appartengono a una sorta di club situato sulle rive di un delizioso laghetto nel mezzo del bosco. I vari soci hanno case fatte di tronchi sparse tra gli alberi, e fanno canoismo sul lago, e lunghe passeggiate attraverso i sentieri che conducono agli altri campi, e ballano una volta alla settimana nella sede del club… Jimmie McBride ospiterà un amico del college in visita per una parte dell'estate, quindi vedete che avrò molti uomini con cui danzare.

Non è stato gentile da parte della signora McBride chiedere di me? Sembra che le sia piaciuta quando sono stata lì a Natale.

Vi prego di scusarmi della brevità. Non è una vera lettera; è solo per farvi sapere che sarò via per l'estate.

Vostra,
in uno stato d'animo *davvero* felice,
JUDY

---

[129] I monti Adirondack si trovano a Nord-Est di New York.

Caro Papà Gambalunga,

Il vostro segretario mi ha appena scritto che il signor Smith preferisce che io non accetti l'invito della signora McBride, ma dovrei ritornare nuovamente a Lock Willow come la scorsa estate.

Perché, perché, *perché*, Papà?

Non lo capite. La signora McBride mi vuole sul serio, veramente e sinceramente. Non sono per nulla un problema in casa. Sono un aiuto. Non assumono molte persone di servizio, e Sallie e io possiamo fare tante cose utili. È una buona occasione per me per imparare le faccende domestiche. Ogni donna se ne deve intendere, e io conosco solo le pulizie dell'istituto.[130]

Non ci sono ragazze della nostra età al campo, e la signora McBride vuole me come compagnia per Sallie. Abbiamo intenzione di leggere molto insieme. Leggeremo tutti i libri di inglese e sociologia per il prossimo anno. Il professore ha detto che sarebbe di grande aiuto se finissimo la lettura in estate; ed è molto più semplice ricordare, se leggiamo insieme e ne discutiamo.

---

[130] *Asylum-keeping* nel testo inglese.

Il solo vivere nella stessa casa con la madre di Sallie è educativo. È la donna più interessante, divertente, socievole, affascinante del mondo; sa tutto. Pensate quante estati ho trascorso con la signora Lippett e come riconoscerò la differenza. Non dovete temere che ci ammasseremo, perché la loro casa è elastica come gomma. Quando hanno molta compagnia, semplicemente spargono delle tende intorno nel bosco e mandano i ragazzi fuori. Sarà un'estate così bella e salutare, allenandosi fuori casa ogni minuto. Jimmie McBride m'insegnerà a cavalcare un cavallo e a pagaiare una canoa, e a sparare e... oh, molte cose che devo sapere. È quel tipo di tempo libero piacevole, spensierato e allegro che non ho mai avuto; e penso che ogni ragazza lo meriti una volta nella sua vita. Di certo farò esattamente come mi direte, ma vi prego, *vi prego* fatemi andare, Papà. Non ho mai desiderato altro così tanto.

Questa che vi scrive non è Jerusha Abbott, la futura grande scrittrice. È solo Judy... una ragazza.

9 giugno

Sig. John Smith.

Signore: ho sottomano la vostra del 7 corrente mese.[131] In ottemperanza alle indicazioni ricevute tramite il vostro segretario, partirò il prossimo venerdì per trascorrere l'estate presso la Tenuta Lock Willow.

Spero di rimanere sempre,
(la signorina) Jerusha Abbott

---

[131] *Inst.* nel testo inglese, abbreviazione per *instante mense.*

Caro Papà Gambalunga,

Sono passati quasi due mesi da quando vi ho scritto, cosa non carina da parte mia, ne sono consapevole, ma non vi ho voluto molto bene quest'estate ... vedete, sono sincera!

Non potete immaginare come sia stata amareggiata per aver dovuto rinunciare al campo dei McBride. Di certo so che siete il mio tutore, e che devo rispettare i vostri desideri riguardo qualsiasi faccenda, ma non ne ho capito la *ragione*. Era così chiaramente la miglior cosa che mi potesse capitare. Se io fossi stata Papà, e tu fossi stato Judy, avrei detto: «Che Dio ti benedica, bambina mia, va' e divertiti; frequenta tante nuove persone e impara tante cose nuove; stai all'esterno, e diventa forte e in salute e riposata per un anno di duro lavoro.»

Ma nulla di tutto ciò! Solo una frase secca dal vostro segretario che mi ordinava di andare a Lock Willow.

È l'impersonalità dei vostri ordini che ferisce i miei sentimenti. Mi pare che se provaste per me la minima parte di quello che provo per voi, mi spedireste ogni tanto un messaggio che scrivereste con le vostre mani, invece di quei biglietti del vostro segretario orribilmente dattilografati. Se ci fosse il più piccolo accenno che io vi stia a cuore, farei qualunque cosa al mondo per accontentarvi.

So che dovevo scrivere lettere belle, lunghe, dettagliate senza mai aspettarmi una risposta. State rispettando la vostra parte di accordo – sono istruita – e suppongo che stiate pensando che io non stia rispettando la mia!

Ma, Papà, è un accordo rigido. Lo è, davvero. Sono terribilmente sola. Siete la sola persona che mi sta a cuore, e voi siete così misterioso. Siete solo un uomo immaginario che ho inventato... e probabilmente il vero *voi* non è affatto come il mio *voi* immaginario. Eppure l'avete fatto una volta, quando ero malata in infermeria, mi avete mandato un messaggio, e ora, quando mi sento terribilmente dimenticata, tiro fuori il vostro biglietto e lo rileggo.

Non penso che vi stia dicendo tutto ciò che avevo iniziato a dire, che era:

Sebbene i miei sentimenti siano ancora feriti, perché è davvero umiliante essere presa e manovrata da una Provvidenza arbitraria, perentoria, irrazionale, onnipotente, invisibile, ancora, quando un uomo è stato gentile e generoso e premuroso come lo siete stato voi fino a ora nei miei riguardi, suppongo avesse ragione di essere una Provvidenza arbitraria, perentoria, irrazionale, onnipotente, invisibile se sceglie di esserlo, e quindi...

vi perdonerò e sarò di nuovo allegra. Ma tuttora non mi fa piacere ricevere le lettere di Sallie riguardo alle occasioni divertenti che stanno avendo al campo!

Comunque… stenderemo un velo sulla faccenda e ricominceremo.

Ho scritto moltissimo quest'estate; quattro racconti terminati e inviati a quattro diverse riviste. Quindi vedete che sto provando a diventare una scrittrice. Ho un'area di lavoro fissa a un angolo della mansarda dove il signorino Jervie era solito avere la sua stanza per i giochi durante le giornate uggiose. È un angolo fresco, arieggiato con due abbaini, e riparato dal sole da un acero con una famiglia di scoiattoli rossi che vivono in una tana.

Vi scriverò una lettera più bella fra qualche giorno e vi racconterò le notizie dalla tenuta.

Abbiamo bisogno di pioggia.

Vostra come sempre,
JUDY

Sig. Papà Gambalunga,

SIGNORE: vi scrivo dalla seconda ramificazione nel salice vicino allo stagno nel terreno a pascolo. C'è una rana che gracida al di sotto, un grillo che canta in alto e due piccoli «picchi muratori»[132] che balzano su e giù dal tronco. Sono qui da un'ora; è una ramificazione davvero comoda, specialmente dopo essere stata tappezzata con due cuscini del divano. Sono salita con una penna e un blocchetto sperando di scrivere un racconto immortale, ma ho avuto un terribile problema con la mia eroina... *non riesco* a farla agire come vorrei che agisse; quindi l'ho lasciata per un momento, e vi sto scrivendo (non è un gran sollievo però, perché non riesco nemmeno a far agire voi come vorrei).

Se vi trovate in quella terribile New York, spero di potervi inviare un po' di questo delizioso, ventilato, soleggiato panorama. La campagna è il Paradiso dopo una settimana di pioggia.

---

[132] *devil down-heads* nel testo inglese; sono piccoli picchi che appartengono alla famiglia dei Sitta carolinensis.

A proposito di Paradiso... ricordate il signor Kellogg di cui vi ho parlato la scorsa estate?... il pastore della chiesetta bianca ai Corners. Ebbene, quella vecchia povera anima è venuta a mancare... lo scorso inverno di polmonite. Sono andata una mezza dozzina di volte ad ascoltarlo predicare e ho familiarizzato davvero molto con la sua teologia. Ha creduto fino alla fine proprio nelle stesse cose con cui aveva iniziato. Secondo me un uomo che riesce a pensare continuamente alle stesse cose per quarantasette anni senza cambiare una singola idea dovrebbe essere tenuto in mostra come una curiosità. Spero che stia godendo dell'arpa e dell'aureola d'oro; era perfettamente certo di trovarle! C'è un nuovo giovanotto, proprio pieno di sé, al suo posto. La congregazione è davvero in dubbio, specialmente la fazione guidata da Deacon Cummings. Sembra come se ci sarà una terribile rottura nella chiesa. Non ci interessano le innovazioni religiose da queste parti.

Durante la nostra settimana di pioggia sono stata seduta in mansarda e ho letto moltissimo... Stevenson, soprattutto. Lui stesso è molto più piacevole di qualunque personaggio dei suoi libri; oserei dire che ha trasformato se stesso nel genere di eroe che sta bene sulla carta stampata. Non pensate che sia stato perfetto da parte sua spendere tutti i diecimila dollari che suo padre gli aveva lasciato, per un panfilo, e salpare per i Mari del Sud? È stato all'altezza della sua fede avventurosa. Se mio padre mi avesse lasciato diecimila dollari, l'avrei fatto anch'io.

Il pensiero di Vailima[133] mi rende folle. Desidero vedere i tropici. Desidero vedere tutto il mondo. Lo farò un giorno... lo farò, davvero, Papà, quando riuscirò a diventare una grande scrittrice, o artista, o attrice, o drammaturga... o qualunque sorta di personaggio importante finirò per essere. Ho una terribile sete di viaggiare; la sola vista di una mappa mi fa venir voglia di infilare il cappello e prendere un ombrello e partire. «Vedrò prima di morire le palme e i templi del Sud.»[134]

Giovedì sera al crepuscolo, seduta sull'uscio di casa.

È davvero difficile inserire qualche notizia in questa lettera! Judy sta diventando talmente filosofica recentemente, che desidera discutere continuamente del mondo in generale, invece di scendere nei frivoli dettagli della vita quotidiana. Ma se *dovete* ricevere notizie, eccole:

Martedì scorso i nostri nove maialini hanno attraversato il ruscello e sono fuggiti, e solo otto sono tornati. Non vogliamo accusare nessuno ingiustamente, ma sospettiamo che la Vedova Dowd abbia più colpe di quante ne dovrebbe avere.

---

[133] Villaggio montuoso nel sud dell'Oceano Pacifico.

[134] «I shall see before I die the palms and temples of the South» è una libera citazione degli ultimi due versi di *You Ask Me, Why, Tho'll at Ease* di A. Tennyson: «And I will see before I die / The palms and temples of the South.»

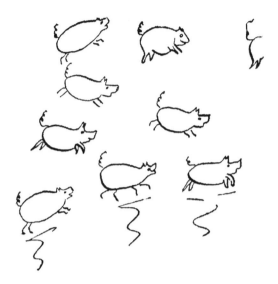

Il signor Weaver ha pitturato il suo fienile e i suoi silos[135] di un acceso giallo zucca… un colore davvero brutto, ma dice che durerà.

I Brewer hanno compagnia questa settimana; la sorella della signora Brewer e due nipoti venute dall'Ohio.

[135] Granai.

Una delle nostre galline Rhode Island Red[136] ha dato vita a soli tre pulcini su quindici uova. Non riusciamo a capire quale sia stato il problema. Le galline Rhode Island Red, secondo la mia opinione, sono una razza davvero inferiore. Preferisco le Buff Orpington.

Il nuovo addetto all'ufficio postale a Bonnyrigg Four Corners ha bevuto ogni goccia di Jamaica ginger[137] che tenevano in magazzino – del valore di sette dollari – prima di essere scoperto.

Il vecchio Ira Hatch ha i reumatismi e non può più lavorare; non ha mai messo da parte il denaro quando stava guadagnando una buona paga, quindi ora deve vivere a carico della comunità.

Ci sarà una festa del gelato presso l'edificio scolastico il prossimo sabato sera. Venite e portate le vostre famiglie.

Ho un nuovo cappello che ho comprato per venticinque centesimi all'ufficio postale. Questo è il mio ritratto più recente, mentre rastrellavo il fieno.

Sta diventando troppo buio per vedere; comunque, le notizie sono tutte terminate.

Buona notte,
JUDY

---

[136] Razza statunitense di galline molto produttiva di uova.

[137] Conosciuto anche con il termine gergale di *Jake*, era un rum importato dalla Giamaica.

Venerdì

Buon giorno! *Ecco* alcune notizie! Cosa pensate? Non indovinerete mai, mai, mai chi sta arrivando a Lock Willow. Una lettera alla signora Semple dal signor Pendleton. Scrive che si sta spostando in automobile per il Berkshire, ed è stanco e vuole riposare in una tenuta piacevole, tranquilla... se si presentasse alla sua porta una sera, lei avrebbe una stanza pronta per lui? Forse si tratterrà una settimana, o forse due, o forse tre; vedrà quanto sarà rilassante quando arriverà.

Che agitazione per tutti noi che ci viviamo! L'intera casa è stata pulita e tutte le tende lavate. Mi sto dirigendo verso i Corners questa mattina per acquistare della nuova tela cerata per l'ingresso, e due barattoli di pittura marrone per pavimenti per l'atrio e per le scale di servizio. La signora Dowd ha preso l'impegno di venire domani a lavare le finestre (per l'emergenza del momento, rinunciamo ai nostri sospetti riguardo al porcellino). Potreste pensare, da questo resoconto delle nostre attività, che la casa non fosse già immacolata; ma vi assicuro che lo era! Al di là dei limiti della signora Semple, è una PADRONA DI CASA.

Ma non è tipico di un uomo, Papà? Non dà il benché minimo indizio se arriverà oggi, o tra due settimane a partire da oggi. Vivremo in un perpetuo stato di apprensione finché non arriva... e se non si affretta, la pulizia dovrà essere completamente rifatta.

C'è Amasai che aspetta sotto con il carro e Grover. Guiderò da sola...

Il vecchio Grove è
perfettamente sicuro

ma se poteste vedere il vecchio Grove, non vi preoccupereste per la mia incolumità.

Con la mano sul cuore... addio.

JUDY

P.S. Non è una bella chiusa? L'ho tratta dalle lettere di Stevenson.

Sabato

Di nuovo buon giorno! Non l'ho potuta fare *imbucare* ieri prima che il postino arrivasse, quindi aggiungerò qualcos'altro. Abbiamo una consegna postale al giorno alle dodici. La consegna postale di campagna è una benedizione per i contadini! Il nostro postino non solo consegna e spedisce lettere, ma fa le commissioni per noi in città, a cinque centesimi per commissione. Ieri mi ha portato delle stringhe per le scarpe e un vasetto di crema idratante (mi sono scottata tutta la pelle del naso prima di comprare il mio nuovo cappello) e una cravatta Windsor blu e una bottiglia di lucido nero da scarpe tutto per dieci centesimi. Questo è un affare insolito, tenendo conto della grandezza del mio ordine.

Ci racconta anche cosa accade nel Gran Mondo. Diverse persone lungo la strada ricevono i quotidiani, e lui li legge mentre procede lungo il cammino, e riferisce le notizie a coloro che non si abbonano. Quindi in caso scoppiasse la guerra tra gli Stati Uniti e il Giappone, o il presidente venisse assassinato, o il signor Rockefeller lasciasse un milione di dollari all'Istituto John Grier, non vi dovrete disturbare a scrivermelo; lo saprei comunque.

Ancora nessuna traccia del signorino Jervie. Ma dovreste vedere com'è pulita la casa... e con quanta preoccupazione ci puliamo le scarpe prima di entrare!

Spero che arrivi presto; sento il desiderio di qualcuno con cui parlare. La signora Semple, a dir la verità, diventa un po' monotona. Non permette mai che le idee interrompano il lineare flusso della sua conversazione. È una cosa divertente riguardo alle persone qui. Il loro mondo è solo questa semplice cima di collina. Non sono nemmeno un po' universali, se capite cosa voglio dire. È esattamente come all'Istituto John Grier. Le nostre idee lì erano relegate nelle quattro mura della recinzione di ferro, solo che non me ne importava molto perché ero più giovane e così terribilmente impegnata. Una volta rifatti tutti i miei letti e lavati i visi dei miei bambini e mandati a scuola e ritornati all'istituto e rilavati i loro visi e rammendate le loro calze e rattoppati i pantaloni di Freddie Perkins (li strappava ogni giorno della sua vita) e imparate le mie lezioni nel contempo... ero pronta per andare a letto, e non facevo caso alla mancanza di rapporti sociali. Ma dopo due anni in un college chiacchierino, mi manca davvero; e sarò lieta di vedere qualcuno che parla la mia lingua.

Credo davvero di aver finito, Papà. Nient'altro accade al momento… cercherò di scrivervi una lettera più lunga la prossima volta.

Per sempre vostra,
JUDY

P.S. La lattuga non è venuta affatto bene quest'anno. C'è stata così tanta aridità all'inizio della stagione.

25 agosto

Bene, Papà, il signorino Jervie è qui. E quanti bei momenti stiamo passando! Perlomeno io sì, e penso anche lui... è qui da dieci giorni e non mostra nessun segno di voler andare via. Il modo in cui la signora Semple coccola quell'uomo è scandaloso. Se l'ha viziato così tanto quando era un bambino, non so come sia cresciuto tanto bene.

Lui e io mangiamo a un tavolino collocato nella veranda laterale, o talvolta sotto gli alberi, o – quando piove o fa freddo – nel salotto buono. Lui sceglie semplicemente il luogo in cui vuole mangiare e Carrie si affretta dietro di lui con un tavolo. Poi se è stato un terribile fastidio per lei, e ha dovuto portare i piatti molto lontano, trova un dollaro sotto la zuccheriera.

È un uomo estremamente socievole, sebbene non lo crederesti mai se lo vedessi occasionalmente; a prima vista sembra un vero Pendleton, ma non lo è in fondo. È proprio semplice e spontaneo e dolce quanto può... sembra un modo divertente per descrivere un uomo, ma è vero. È estremamente gentile con i contadini qui attorno; li incontra in modo quasi da uomo a uomo che li disarma immediatamente. Inizialmente erano molto

161

diffidenti. Non approvavano i suoi abiti! E vi dirò che i suoi abiti sono alquanto stravaganti. Indossa pantaloni alla zuava e giacche plissettate e flanella bianca e abiti da cavallerizzo con pantaloni a sbuffo. Ogni volta che scende con qualcosa di nuovo, la signora Semple, raggiante di orgoglio, gli gira attorno e lo guarda da ogni angolazione, e gli raccomanda di stare attento quando si siede; è così preoccupata che raccolga della polvere. Ciò gli dà tremendamente fastidio. Le dice sempre:

«Andate, Lizzie, e occupatevi del vostro lavoro. Non mi potete più dare ordini. Sono cresciuto.»

È terribilmente divertente pensare che quell'illustre, grande uomo dalle gambe lunghe (ha le gambe lunghe quasi quanto le vostre, Papà) sia stato mai seduto in grembo alla signora Semple e che gli sia stato lavato il viso. Particolarmente divertente se vedete il grembo di lei! Ha due grembi ora, e tre menti. Ma lui dice che una volta era magra e asciutta e arzilla e riusciva a correre più veloce di lui.

Quante avventure stiamo vivendo! Abbiamo esplorato il paese per miglia, e abbiamo imparato a pescare con delle divertenti piccole esche fatte di piume. Anche a cacciare con un fucile e una rivoltella. Anche a cavalcare i cavalli... c'è una sorprendente vitalità nel vecchio Grove. L'abbiamo sfamato con avena per tre giorni, e ha schivato un vitello ed è quasi corso via con me in groppa.

Mercoledì

Lunedì pomeriggio abbiamo scalato Sky Hill. È una montagna qui vicino; non una montagna estremamente alta, forse – niente neve sulla cima – ma perlomeno ti ritrovi piuttosto senza fiato quando raggiungi la cima. I versanti più in basso sono coperti di boschi, ma la cima è solo un ammasso di rocce e ampia landa. Siamo rimasti svegli per il tramonto e abbiamo acceso un fuoco e cucinato la cena. Il signorino Jervie ha cucinato; ha detto che lo sapeva fare meglio di me... ed è così, perché un tempo andava in campeggio. Poi siamo discesi con il chiaro di luna, e, quando abbiamo raggiunto il sentiero boscoso dov'era buio, ha fatto luce con una torcia elettrica che aveva in tasca. È stato molto divertente! Ha riso e scherzato per tutto il tempo e ha parlato di cose interessanti. Ha letto tutti i libri che ho letto, e molti altri ancora. È sorprendente quante cose diverse sappia.

Stamattina siamo andati a fare una lunga escursione e siamo stati colti da una tempesta. I nostri abiti erano fradici prima che raggiungessimo casa… ma i nostri spiriti non si erano affatto raffreddati. Avreste dovuto vedere la faccia della signora Semple quando siamo entrati gocciolando in cucina.

«Oh, signorino Jervie… Signorina Judy! Vi siete inzuppati. Dio! Dio! Cosa devo fare? Quel bel cappotto nuovo è totalmente rovinato.»

Era estremamente buffa; avresti pensato che avessimo dieci anni, e lei fosse una mamma distratta. Per un momento ho temuto che non avremmo avuto la marmellata per il tè.

Sabato

Ho iniziato questa lettera secoli fa, ma non ho avuto un secondo per finirla.

Questo non è un bel pensiero da Stevenson?

Il mondo è talmente pieno di cose diverse,
sono certo che dovremmo tutti essere felici come dei re.[138]

---

[138] «The world is so full of a number of things, / I am sure we should all be as happy as kings» sono due versi tratti da *Happy Thought*, componimento della raccolta di poesie per bambini *A Child's Garden of Verses* (1885) di R. L. Stevenson.

È vero, sapete. Il mondo è pieno di felicità, e parecchi posti dove andare, solo se si è disposti a cogliere il buono che arriva dalla propria parte. Il segreto sta interamente nell'essere *flessibile*. In campagna, specialmente, ci sono talmente tante cose divertenti. Posso attraversare le terre di ognuno, e guardare dal punto di vista di ognuno, e immergermi nel ruscello di ognuno; e godermelo proprio come se possedessi una terra... e senza tasse da pagare!

.   .   .   .   .   .

È domenica notte ora, sono le undici circa, e si presume che io mi stia godendo un sonno ristoratore, ma ho bevuto caffè nero per cena, quindi... niente sonno ristoratore per me!

Questa mattina, la signora Semple ha detto al signor Pendleton, con un tono molto determinato:

«Dobbiamo partire alle dieci e un quarto per arrivare in chiesa alle undici.»

«Molto bene, Lizzie» ha detto il signorino Jervie, «avete il surrey[139] pronto, e se non sono vestito, andate pure senza aspettarmi.»

«Aspetteremo» ha detto lei.

«Come preferite» ha detto lui, «solo non fate stare fermi i cavalli per troppo tempo.»

[139] Un tipo di carrozza trainata da cavalli con quattro ruote e due sedili.

Poi mentre lei si stava vestendo, lui ha detto a Carrie di fare il fagotto per il pranzo, e mi ha detto di infilarmi gli abiti da passeggio; e siamo sgattaiolati dalla parte posteriore e siamo andati a pescare.

Ciò ha disturbato la famiglia tremendamente, perché a Lock Willow di domenica si pranza alle due. Ma lui ha ordinato la cena alle sette – ordina pasti in qualsiasi momento voglia; pensereste che la casa sia un ristorante – e ciò ha trattenuto Carrie e Amasai dall'andare a fare un giro. Ma tanto meglio, perché non era appropriato che loro andassero in giro senza uno chaperon;[140] e comunque, voleva lui i cavalli per far fare un giro a me. Avete mai sentito qualcosa di più divertente?

E la povera signora Semple crede che le persone che vanno a pescare di domenica, poi vadano davvero dritte in un inferno rovente! È terribilmente turbata al pensiero che non l'abbia formato bene quando era piccolo e indifeso e ne abbia avuto l'occasione. Inoltre … voleva farlo ammirare in chiesa.

Comunque, abbiamo pescato (lui ne ha presi quattro piccoli) e li abbiamo cotti sul fuoco per pranzo. Continuavano a cadere dai nostri bastoncini appuntiti nel fuoco, quindi avevano un po' sapore di cenere, ma li abbiamo mangiati. Siamo tornati a casa alle quattro e siamo andati a fare un giro alle cinque e abbiamo cenato

[140] Un accompagnatore.

alle sette, e alle dieci sono stata mandata a letto... ed eccomi, a scrivervi.

Inizio a sentirmi un po' assonnata, però.

Buona notte

Ecco il disegno di uno dei pesci che ho preso.

Ehi di bordo, Capitan Gambalunga![141]

Stop! Fermatevi! Yo, ho, ho, e una bottiglia di rum. Indovinate cosa sto leggendo? La nostra conversazione in questi due giorni passati è stata nautica e piratesca. Non è divertente *L'Isola del Tesoro*? L'avete mai letto, o non era ancora stato scritto quando eravate un ragazzo? Stevenson ha guadagnato solo trenta pound per i diritti d'autore... [142] non credo che ripaghi essere un grande scrittore. Forse insegnerò a scuola.

Scusatemi se riempio le mie lettere di tanto Stevenson; la mia mente è davvero molto impegnata con lui al momento. Fa parte della biblioteca di Lock Willow.

[141] *Ship ahoy, Cap'n Long-Legs!* nel testo inglese; tipico saluto nautico usato per attirare l'attenzione o semplicemente per salutare.

[142] *The Treasure Island* è stato pubblicato a puntate dal 1881 al 1882 sul giornale per ragazzi *Young Folks* con lo pseudonimo di Captain George North.

Ho scritto questa lettera per due settimane, e penso che sia quasi della giusta lunghezza. Non dite mai, Papà, che non vi fornisco dettagli. Vorrei che foste qui anche voi; ci divertiremmo tutti molto. Mi piace che i miei vari amici si conoscano. Volevo chiedere al signor Pendleton se vi conoscesse a New York... potrebbe essere; dovreste frequentare all'incirca i medesimi circoli intellettuali, e siete entrambi interessati alle riforme e alle medesime cose... ma non ho potuto farlo, perché non conosco il vostro vero nome.

È la cosa più sciocca che mi sia capitata, non conoscere il vostro nome. La signora Lippett mi aveva avvertita che eravate eccentrico. Dovrei pensarlo!

Con affetto,
Judy

P.S. Rileggendo questa mia, scopro che non è tutta su Stevenson. Ci sono uno o due riferimenti appena accennati al signorino Jervie.

10 settembre

Caro Papà,

se n'è andato, e ci manca! Quando ti abitui alle persone o ai luoghi o ai modi di vivere, e poi ti vengono improvvisamente strappati, ciò lascia davvero un terribile vuoto, un tipo di sensazione che ti tormenta. Sto trovando la conversazione della signora Semple simile a del cibo alquanto scondito.

Il college apre tra due settimane e sarò contenta di ricominciare a studiare. Ho lavorato davvero molto quest'estate però… sei racconti e sette componimenti poetici. Quelli che ho inviato alle riviste sono ritornati tutti con la più rispettosa rapidità. Ma non importa. È un buon esercizio. Il signorino Jervie li ha letti – li ha portati alle poste, quindi non potevo fare a meno di farglielo sapere – e ha detto che erano *orribili*. Dimostravano che non avessi la minima idea di ciò di cui stavo parlando (il signorino Jervie non permette che la gentilezza interferisca con la verità). Ma l'ultimo che ho scritto – solo un bozzetto sul college – ha detto che non era male; e l'ha fatto scrivere a macchina, e lo ha inviato a una rivista. Lo hanno ricevuto da due settimane; forse ci stanno riflettendo.

Dovreste vedere il cielo! C'è la più strana luce color arancione che sovrasta tutto. Stiamo per avere un temporale.

.   .   .   .   .   .

È scoppiato proprio in quel momento con gocce grandi quanto un quarto di dollaro e tutte le persiane che sbattevano. Ho dovuto correre per chiudere le finestre, mentre Carrie volava in mansarda con una bracciata di pentolini[143] da mettere sotto i punti in cui il tetto gocciola ... e poi, proprio appena ho ripreso la penna, ho ricordato di aver lasciato un cuscino e la coperta e il cappello e le poesie di Matthew Arnold sotto un albero nel frutteto, quindi sono uscita di corsa per recuperarli, completamente fradici. La copertina rossa delle poesie si era stinta all'interno; *Dover Beach*[144] in futuro sarà bagnata da onde rosa.

Una tempesta è terribilmente allarmante in campagna. Si deve sempre pensare a talmente tante cose che si trovano fuori e che si possono rovinare.

Giovedì

Papà! Papà! Che ne pensate? Il postino è appena giunto con due lettere.

1° La mia storia è stata accettata. $50

[143] *milk pans* nel testo inglese; pentolini con un beccuccio per versare i liquidi, utilizzati soprattutto per riscaldare il latte.
[144] Componimento poetico di Matthew Arnold.

Alors! Sono una SCRITTRICE.

2° Una lettera dal segretario del college. Sto per ricevere una borsa di studio per due anni che coprirà il vitto e la retta universitaria. È stata fondata da un'ex allieva per «competenze notevoli in inglese e con eccellenze generali in altre materie.» E l'ho vinta io! Ho fatto domanda prima di partire, ma non avevo idea che l'avrei ricevuta, per via del mio lavoro mediocre in matematica e in latino da Matricola. Ma sembra che ce l'abbia fatta. Sono estremamente contenta, Papà, perché ora non sarò un gran peso per voi. La paga mensile sarà tutto ciò di cui avrò bisogno, e forse posso guadagnarla con la scrittura o le ripetizioni o qualcos'altro.

Sono *davvero entusiasta* di tornare e iniziare a impegnarmi.

Per sempre vostra,
JERUSHA ABBOTT,
Autrice di *Quando gli Studenti del Secondo Anno Vinsero la Partita*. In vendita in tutte le edicole, al prezzo di dieci centesimi

26 settembre

Caro Papà Gambalunga,

Sono ritornata al college e come studentessa del terzo anno. La nostra stanza da studio è migliore che mai quest'anno – si affaccia a Sud con due grandi finestre – e oh! è così ben arredata. Julia, con un'illimitata paga, è arrivata due giorni prima ed è stata assalita dalla febbre da sistemazione.

Ci sono una nuova carta da parati e tappeti orientali e sedie in mogano… non pitturate in mogano, cosa che ci rendeva sufficientemente felici lo scorso anno, ma di vero mogano. È davvero splendida, ma non mi sento di appartenervi; sono nervosa tutto il tempo per paura di far cadere una macchia di inchiostro nel posto sbagliato.

E, Papà, ho trovato la vostra lettera che mi aspettava – pardon – intendo quella del vostro segretario.

Potete gentilmente darmi una ragione plausibile del perché non dovrei accettare la borsa di studio? Non capisco affatto la vostra obiezione. Ma comunque, non vi farà alcun bene obiettare, perché l'ho accettata già… e non cambierò! Ciò sembra un po' impertinente, ma non intende esserlo.

Suppongo che pensiate che quando avete stabilito di educarmi, avreste voluto finire il lavoro, e mettere un punto fermo, a forma di diploma, alla fine.

Ma guardatela solo per un secondo dalla mia prospettiva. Sarò in debito con voi per la mia educazione proprio nella quantità in cui vi permetto di pagarla per intero, ma non sarò così tanto indebitata. So che non volete che vi restituisca il denaro, ma ciò nonostante, vorrò farlo, se sarà possibile; e vincere questa borsa di studio me lo rende davvero molto più semplice. Credevo che avrei trascorso il resto della mia vita a pagare i miei debiti, ma ora dovrò solo trascorrerne la metà.

Spero che capirete la mia posizione e non vi arrabbierete. La paga mensile sarò ancora molto contenta di accettarla. È necessaria una paga per essere all'altezza di Julia e della sua mobilia! Vorrei che fosse stata educata con gusti più semplici, o altrimenti che non fosse la mia compagna di stanza.

Non è proprio una gran lettera; avevo intenzione di scrivere molto ... ma ho orlato quattro tende per le finestre e tre tende per le porte[145] (sono felice che non possiate vedere la lunghezza dei punti) e ho lucidato una scrivania di ottone incrostata con del dentifricio in polvere (un lavoro davvero faticoso) e ho eliminato un supporto del quadro con delle forbicine, e ho spacchettato quattro scatole di libri, e ho riposto due bauli pieni di

---

[145] *Portière* nel testo inglese; tenda da porta.

abiti (non sembra vero che Jerusha Abbott possegga due bauli pieni di abiti, ma è così!) e ho dato il bentornato nel frattempo a cinquanta care amiche.

La giornata di apertura è un'occasione gioiosa!

Buonanotte, Papà caro, e non siate infastidito perché il vostro pulcino vuole cavarsela da solo. Sta diventando una gallinella estremamente vivace ... con un chiocciare davvero determinato e molte piume bellissime (tutte grazie a voi).

Con affetto,
JUDY

Caro Papà,

State ancora insistendo con la borsa di studio? Non ho mai conosciuto un uomo così ostinato, e testardo e irragionevole, e tenace, e aggressivo, e incapace-di-vedere-i-punti-di-vista-delle-altre-persone, come voi.

Preferite che non debba accettare favori dagli estranei.

Estranei!... E voi cosa siete, scusate?

C'è qualcuno al mondo che conosco meno? Non saprei riconoscervi se v'incontrassi per strada. Ora, vedete, se foste stata una persona assennata, ragionevole e aveste scritto lettere paterne piacevoli, incoraggianti alla vostra piccola Judy, e foste venuto di tanto in tanto e le aveste dato un colpetto sulla testa, e le aveste detto che eravate contento che fosse una così brava ragazza... Ecco, forse, lei non vi avrebbe disubbidito in età avanzata, ma avrebbe obbedito al minimo desiderio come la figlia coscienziosa che aveva intenzione di essere.

Estranei appunto! Vivete in una casa di vetro, signor Smith.[146]

---

[146] *You live in a glass house* nel testo inglese; frase idiomatica usata per indicare una persona ipocrita.

E inoltre, questo non è un favore; è come un premio... che ho guadagnato con il mio duro lavoro. Se nessuno fosse stato sufficientemente bravo in inglese, il comitato non avrebbe assegnato la borsa di studio; alcuni anni non l'hanno fatto. E poi... Ma a che serve discutere con un uomo? Appartenete, signor Smith, a un sesso privo di senso logico. Per mettere in riga un uomo, ci sono solo due metodi: bisogna fare moine o essere sgarbate. Rifiuto di far moine agli uomini per ottenere ciò che voglio. Invece, devo essere sgarbata.

Mi rifiuto, signore, di rinunciare alla borsa di studio; e se presentate altri reclami, non accetterò neanche la paga mensile, ma mi ridurrò a un fascio di nervi dando ripetizioni alle Matricole.

Questo è il mio ultimatum!

E ascoltate... ci ho pensato a fondo. Dal momento che siete così spaventato che accettando questa borsa di studio la stia sottraendo a qualcun'altra, conosco una via d'uscita. Potete impiegare il denaro che avreste speso per me per l'educazione di qualche altra ragazzina dell'Istituto John Grier. Non pensate che sia una bell'idea? Solo, Papà, *educate* la nuova ragazza tanto quanto volete, ma vi prego non *vogliatele bene* più che a me.

Confido che il vostro segretario non sarà ferito perché do così poca attenzione ai suggerimenti offerti nella sua lettera, ma non posso fare altrimenti. È un bambino viziato, Papà. Ho assecondato docilmente i suoi capricci finora, ma questa volta intendo essere RI-SOLUTA.

Vostra,
Con una Mente,
Completamente e Irrevocabilmente e
Nei secoli dei Secoli Determinata.
JERUSHA ABBOTT

9 novembre

Caro Papà Gambalunga,

Mi sono avviata verso il centro della città oggi per comprare una bottiglia di lucido per scarpe e alcuni colletti e il tessuto per una nuova blusa e un vasetto di crema di violette e un pezzo di sapone di Castiglia…[147] tutte cose molto necessarie; non potevo essere felice senza di esse per un altro giorno… e quando ho tentato di pagare il biglietto del tram, ho scoperto che avevo lasciato il mio borsello nella tasca dell'altro cappotto. Quindi sono dovuta scendere e prendere il tram successivo, e ho fatto ritardo a ginnastica.

È una cosa terribile non avere memoria e avere due cappotti!

Julia Pendleton mi ha invitata a farle visita per le vacanze di Natale. Che effetto vi fa, signor Smith? Immaginate Jerusha Abbott, dell'Istituto John Grier, seduta ai tavoli dei ricchi. Non so perché Julia mi voglia… sembra che si stia affezionando abbastanza a me ultimamente. Preferirei, a dire la verità, molto di più andare a casa di Sallie, ma Julia me l'ha chiesto per prima, quindi se andrò da qualche parte, dovrà

---

[147] *Castile soap* nel testo inglese; si tratta di un sapone vegetale, prodotto tradizionalmente con olio d'oliva, acqua e lisciva.

essere New York invece che Worcester. Sono un po' preoccupata alla prospettiva di incontrare i Pendleton *en
masse*,[148] e anche del fatto che dovrei comprare molti vestiti
nuovi… quindi, Papà caro, se mi scrivete che preferireste
che io rimanga tranquillamente al college, mi piegherò ai
vostri desideri con la mia solita dolce ubbidienza.

Sono impegnata nei momenti liberi con *Vita e Lettere di
Thomas Huxley*…[149] è una lettura piacevole, leggera da fare
negli intervalli. Sapete cos'è un archæopteryx? È un uccello.[150] E uno stereognathus? Non ne sono sicura ma
penso sia un animale ibrido,[151] come un uccello con i denti
o una lucertola con le ali. No, non è nemmeno questo; ho
appena controllato nel libro. È un mammifero mesozoico.

Questa è l'unica immagine esistente
di uno Stereognathus.

Ha una testa
di serpente e orecchie
di cane e piedi
di mucca e una coda
di lucertola e ali
di cigno ed è
ricoperto da un bel soffice piumaggio
come un dolce gattino.

148 [Tutti insieme].

149 *Life and Letters of Thomas Henry Huxley* è un testo del bio-
logo e naturalista inglese Thomas H. Huxley (1825-1895), pubblicato nel 1903.

150 In realtà è un dinosauro simile a un uccello.

151 *missing link* nel testo inglese; animale ibrido ed estinto o che
non è mai esistito.

Ho scelto economia quest'anno... una materia davvero illuminante. Quando la finirò prenderò beneficienza e riforma; poi, signor Benefattore, saprò proprio come dev'essere diretto un orfanotrofio. Non pensate che sarei un'ammirevole elettrice se avessi i miei diritti? Ho compiuto ventun anni la scorsa settimana. Questo è un paese terribilmente inefficiente che spreca una cittadina così onesta, educata, coscienziosa, intelligente come me.

Per sempre vostra,
JUDY

7 dicembre

Caro Papà Gambalunga,

Vi ringrazio per il permesso di andare a far visita a Julia... ho interpretato quel silenzio come un consenso.

Che vita mondana abbiamo sperimentato! La scorsa settimana c'è stato il ballo dei Fondatori... è stato il primo anno in cui chiunque di noi ha potuto partecipare; solo studenti dei corsi superiori erano ammessi.

Ho invitato Jimmie McBride, e Sallie ha invitato il suo compagno di stanza di Princeton, che ha fatto loro visita la scorsa estate al campo – un ragazzo estremamente simpatico con i capelli rossi – e Julia ha invitato uno di New York, non molto esaltante, ma socialmente irreprensibile. È imparentato con i De la Mater di Chichester. Forse vi dice qualcosa? Non mi dice nulla.

Comunque... i nostri ospiti sono arrivati venerdì pomeriggio in tempo per il tè nella sala delle studentesse dell'ultimo anno, e poi si sono precipitati giù verso l'albergo per la cena. L'albergo era talmente pieno che hanno dormito in fila sui tavoli da biliardo, dicono. Jimmie McBride dice che la prossima volta che sarà invitato per un evento mondano in questo college porterà una delle loro tende dell'Adirondack e la monterà nel campus.

Alle sette e mezza sono tornati per l'accoglienza del Rettore e per il ballo. Le nostre cerimonie iniziano presto! Abbiamo fatto fare tutte le tessere dei ragazzi prima del tempo, e dopo ogni ballo, dovevamo lasciarli in gruppi sotto la lettera che rappresentava l'iniziale dei loro cognomi,[152] cosicché potessero essere facilmente trovati dalle loro successive compagne di ballo. Jimmie McBride, per esempio, doveva rimanere pazientemente sotto la "M" prima di essere richiesto (perlomeno, sarebbe dovuto rimanere pazientemente, ma continuava ad allontanarsi e a mischiarsi con le "R" e le "S" e con ogni tipo di lettera). L'ho trovato un ospite davvero difficile; era imbronciato perché ha ballato solo tre danze con me. Ha detto che era timido per danzare con le ragazze che non conosceva!

Il giorno dopo, c'è stato un concerto del coro… e chi pensate che abbia scritto la nuova canzone divertente composta per l'occasione? È la verità. Proprio lei. Oh, ve lo dico, Papà, la vostra piccola orfanella sta diventando una persona piuttosto illustre!

Comunque, le nostre due giornate festose sono state molto divertenti, e penso che i ragazzi l'abbiano apprezzato. Alcuni di loro erano terribilmente turbati all'inizio dalla prospettiva di incontrare un migliaio di ragazze; ma si sono acclimatati molto velocemente. I nostri due ragazzi di Princeton si sono divertiti molto… perlomeno

---

[152] *names* nel testo inglese; termine che si riferisce al nome di famiglia, ossia al cognome.

l'hanno educatamente detto, e ci hanno invitate al loro ballo la prossima primavera. Abbiamo accettato, quindi vi prego di non obiettare, Papà caro.

Julia, Sallie e io avevamo tutte nuovi vestiti. Volete sentirne parlare? Quello di Julia era di satin color crema e ricami d'oro, e indossava orchidee viola. Era un *sogno* e proveniva da Parigi, e costa un milione di dollari.

Quello di Sallie era di un azzurro pallido decorato con ricami persiani, e stava benissimo con i suoi capelli rossi. Non è costato proprio un milione, ma era d'impatto proprio come quello di Julia.

Il mio era di *crêpe de chine*[153] rosa pallido decorato con pizzo color écru e satin rosa tenue. E portavo le rose cremisi che J. McB. mi aveva inviato (avendogli detto Sallie quale colore scegliere). E avevamo tutte scarpette da ballo in satin e calze di seta e sciarpe di chiffon da abbinare.

Dovreste essere profondamente colpito da questi dettagli di modisteria!

Non si può pensare, Papà, a che vita incolore un uomo è costretto a condurre, quando pensa che lo chiffon e il punto veneziano e i ricami fatti a mano e l'uncinetto irlandese sono per lui delle parole senza significato. Mentre una donna, sia che s'interessi di bambini o di microbi o di mariti o di poesia o di persone di servizio o di

---

[153] Il *crêpe de chine* è un tessuto leggero crespo.

parallelogrammi o di giardini o di Platone o di bridge... s'interessa essenzialmente e sempre di abiti.

È il tocco della natura che rende affine il mondo intero (non è originale. L'ho presa da uno dei drammi di Shakespeare).[154]

Comunque, per riprendere il discorso. Volete che vi sveli un segreto che ho scoperto recentemente? E mi prometterete che non mi considererete vanitosa? Allora sentite:

Sono carina.

Lo sono, davvero. Sarei una terribile idiota se non lo sapessi con tre specchi in camera.

UN'AMICA

P.S. Questa è una di quelle perfide lettere anonime che si possono leggere nei romanzi.

[154] Citazione da *Troilus and Cressida* di Shakespeare: «One Touch of Nature Makes the Whole World Kin.»

Caro Papà Gambalunga,

Ho solo un momento, perché devo frequentare due lezioni, preparare il baule e la valigia, e prendere il treno delle quattro in punto... ma non potevo partire senza inviarvi una parola per farvi sapere quanto apprezzo il mio pacco di Natale.

Adoro le pellicce e la collana e il foulard Liberty[155] e i guanti e i fazzoletti e i libri e il portafogli... e soprattutto adoro voi! Ma Papà, non avete nessun *dovere* di viziarmi in questo modo. Sono solo un essere umano... e per di più una ragazza. Come posso mantenere la mente inflessibilmente concentrata su una carriera di studi, quando mi sviate con tali frivolezze mondane?

Adesso ho un forte sospetto per quanto riguarda quale dei Benefattori del John Grier fosse solito regalare un albero di Natale e il gelato della domenica. Era anonimo, ma dalle sue opere lo conosco! Meritate di essere felice per tutte le cose buone che fate.

---

[155] *Liberty scarf* nel testo inglese; è un foulard in cotone o seta (dai tessuti e dalle trame orientaleggianti) che prende il nome da Arthur Lasenby Liberty, proprietario della *Liberty & Co.* dal 1875.

Arrivederci, e un felicissimo Natale.

Per sempre vostra,

JUDY

P.S. Vi invierò anche un regalino. Pensate che lei vi piacerebbe se la conosceste?

Volevo scrivervi dalla città, Papà, ma New York è un luogo coinvolgente.

Ho trascorso degli interessanti – e illuminanti – momenti, ma sono felice di non appartenere a una tale famiglia! Preferisco davvero avere l'Istituto John Grier come base della mia formazione. Al di là dei lati negativi della mia educazione, almeno non c'era finzione a riguardo. Ora so cosa intendono le persone quando dicono che sono soffocate dalle Cose. L'atmosfera materiale di quella casa era opprimente; non ho potuto prendere un respiro profondo finché non mi sono trovata sul treno espresso per il ritorno. Tutta la mobilia era intagliata e tappezzata e magnifica; le persone che ho incontrato erano vestite benissimo e parlavano a bassa voce ed erano di buona famiglia, ma la verità è, Papà, che non ho mai sentito una conversazione seria dal momento in cui siamo arrivate finché non siamo andate via. Non penso che una sola idea sia mai entrata dalla porta principale.

La signora Pendleton non pensa a nulla se non ai gioielli e ai sarti e agli impegni mondani. Sembra davvero un tipo di madre diverso dalla signora McBride! Se mai mi sposassi e avessi una famiglia, li renderò più simili che posso ai McBride. Neanche per tutto l'oro del mondo farei crescere uno dei miei figli dai Pendleton. Probabilmente non è educato criticare le persone a cui si è fatta visita? Se non lo è, vi prego di scusarmi. Questo è molto confidenziale, tra me e voi.

Ho visto il signorino Jervie solo una volta quando è venuto all'ora del tè, e poi non ho avuto occasione di parlare con lui da sola. È stata una sorta di delusione dopo i nostri bei momenti la scorsa estate. Non penso che gli importi molto dei suoi parenti... e sono certa che a loro non importi molto di lui! La madre di Julia dice che è disturbato. È un Socialista... ma, grazie al Cielo, non si fa crescere i capelli e non indossa cravatte rosse.[156] Non riesce a capire da dove abbia preso le sue strane idee; la famiglia è appartenuta alla Chiesa d'Inghilterra per generazioni. Butta via il suo denaro per ogni pazza riforma, invece di spenderlo per cose ragionevoli come panfili e automobili e cavalli da polo.[157] Però con esso compra scatole di caramelle! Ne ha mandato una ciascuna a me e Julia per Natale.

Sapete, penso che anch'io diventerò una Socialista. Non vi dispiacerebbe, vero Papà? Sono piuttosto diversi dagli Anarchici; non credono nel far saltare in aria le persone. Probabilmente io lo sono per diritto; appartengo al proletariato. Non ho ancora deciso che tipo diventerò.

---

[156] Tradizionalmente il rosso è il colore dei socialisti.

[157] Cioè addestrati per essere montati dai giocatori di polo.

Analizzerò l'argomento domenica, e dichiarerò i miei principi nella prossima lettera.

Ho visto moltissimi teatri e hotel e case bellissime. La mia mente è un miscuglio confuso di onice[158] e foglie d'oro e pavimentazioni a mosaico e palme. Sono ancora abbastanza senza fiato ma sono felice di ritornare al college e ai miei libri... credo di essere davvero una studentessa; quest'atmosfera di calma accademica la trovo maggiormente stimolante di New York. Il college è un tipo di vita davvero appagante; i libri e lo studio e le abituali lezioni ti mantengono viva mentalmente, e poi quando la tua mente si stanca, hai la palestra e l'atletica all'aperto, e sempre moltissime amiche simpatiche che pensano all'incirca le stesse cose di te. Trascorriamo un'intera serata a far nulla se non a parlare... parlare... parlare... e andiamo a dormire davvero con un senso di sollievo, come se avessimo sistemato per sempre alcuni problemi importanti del mondo. E per colmare ogni vuoto, ci sono sempre talmente tante sciocchezze – proprio scherzi sciocchi riguardo alle piccole cose che accadono – ma davvero appaganti. Apprezziamo davvero le nostre stesse battute!

Non sono gli enormi piaceri che contano maggiormente; è trarre moltissimo dai più piccoli... ho scoperto il vero segreto della felicità, Papà, ed è vivere nel *presente*. Non rimpiangere in continuazione il passato, o

---

[158] Una pietra usata per rivestire pavimenti e pareti.

anticipare il futuro; ma trarre il massimo che si può da ogni istante. È come l'agricoltura. Può esserci un'agricoltura estensiva e un'agricoltura intensiva; ecco, ho intenzione di avere una vita intensiva da ora in poi. Ho intenzione di godermi ogni secondo, e ho intenzione di *sapere* che me lo sto godendo mentre me lo sto godendo. Molte persone non vivono; gareggiano solamente. Cercano di raggiungere alcuni obiettivi lontani sull'orizzonte, e nell'intensità dell'andare rimangono talmente senza fiato e ansanti che si perdono tutta la vista della campagna bellissima, tranquilla che stanno attraversando; e poi la prima cosa che sanno è che sono vecchi ed esausti, e non fa alcuna differenza se hanno raggiunto l'obiettivo o meno. Ho deciso di sedermi durante il percorso e accumulare molte piccole gioie, anche se non diventerò mai una Grande Scrittrice. Avete mai conosciuto una tale filosofa come quella in cui mi sto trasformando?

Per sempre vostra,
JUDY

P. S. Sta piovendo a catinelle stasera. Due cuccioli e un gatto sono appena atterrati sul mio davanzale.[159]

---

[159] *It's raining cats and dogs* nel testo inglese. Judy riprende, ironizzando, la celebre frase idiomatica nella chiusa.

Caro Compagno,

Evviva! Sono una Fabiana.[160]

È un Socialista che è disposto ad aspettare. Non vogliamo che si arrivi a una rivoluzione sociale domani mattina; sarebbe troppo sconvolgente. Vogliamo che arrivi molto gradualmente nel futuro lontano, quando saremo tutti pronti e capaci di sostenere il colpo.

Nel frattempo dobbiamo prepararci, instituendo riforme che riguardano l'industria, e l'educazione e gli orfanotrofi.

Vostra, con affetto fraterno,
JUDY

Lunedì, 3° ora

---

[160] Membro o sostenitore della *Fabian Society*, istituita a Londra alla fine del XIX secolo, di stampo socialdemocratico.

11 febbraio

Caro P. G. L.,

Non siate offeso perché questa mia è così corta. Non è una lettera; è solo un *rigo* per dire che vi scriverò una lettera molto presto quando gli esami saranno conclusi. Non è solo necessario che li superi, ma che li superi B E N E. Ho una borsa di studio della quale essere all'altezza.

Vostra, studiando con accanimento,
J. A.

5 marzo

Caro Papà Gambalunga,

Il rettore Cuyler ha tenuto un discorso stasera a proposito della generazione moderna che è frivola e superficiale. Dice che stiamo perdendo gli antichi ideali di impegno giudizioso e vera erudizione; e soprattutto questo declino è visibile nella nostra attitudine irrispettosa verso l'autorità costituita. Non rendiamo più il rispetto adeguato ai nostri superiori.

Mi sono allontanata dalla cappella molto pensosa.

Sono troppo familiare, Papà? Devo trattarvi con più dignità e distacco?... Sì, sono certa di doverlo fare. Ricomincio d'accapo.

.   .   .   .   .   .

Mio caro Sig. Smith,

Sarete lieto di sapere che ho superato con successo i miei esami di metà anno, e che ora sto iniziando il lavoro nel nuovo semestre. Lascio chimica – avendo completato il corso in analisi qualitativa – e intraprendo lo studio di biologia. Mi approccio a questa materia con qualche esitazione, perché suppongo che dovremo dissezionare le esche vive e le rane.

Una predica estremamente interessante e preziosa è stata pronunciata nella cappella la scorsa settimana riguardo le Rovine Romane nel Sud della Francia. Non ho mai ascoltato un'esposizione più illuminante della materia.

Stiamo leggendo *L'Abbazia di Tinturn*[161] di Wordsworth nel nostro corso di letteratura inglese. Che opera raffinata è, e quanto adeguatamente rappresenta il suo concetto di Panteismo! Il movimento romantico della prima parte del secolo scorso, esemplificato nelle opere di poeti quali Shelley, Byron, Keats, e Wordsworth, mi piace molto di più del periodo classico che l'ha preceduto. Parlando di poesia, avete mai letto quella poesiola incantevole di Tennyson intitolata *Locksley Hall*?[162]

Sto frequentando la palestra in modo molto regolare recentemente. È stato architettato un sistema di sorveglianza, e l'inosservanza del rispetto delle regole causa moltissimi inconvenienti. La palestra è dotata di una bellissima piscina[163] di cemento e marmo, dono di un'ex-studentessa. La mia compagna di stanza, la signorina McBride, mi ha regalato il suo costume da bagno (si è

---

[161] *Tintern Abbey* è un componimento poetico di William Wordsworth (1770-1850), che chiude le *Lyrical Ballads* (1798).

[162] Ampio e importante componimento di A. Tennyson, scritto nel 1835 e inserito nel 1842 nella raccolta *Poems*.

[163] *Swimming tank* nel testo inglese.

ristretto quindi non lo può più indossare) e sto per iniziare le lezioni di nuoto.

Abbiamo mangiato un delizioso gelato rosa per dessert ieri sera. Solo coloranti vegetali vengono utilizzati per colorare il cibo. Il college è davvero molto contrario, sia per motivi estetici che igienici, all'utilizzo di coloranti di anilina.[164]

Il clima recentemente è stato ideale... sole intenso e nuvole sparse con poche tempeste di neve gradite. Io e le mie compagne ci siamo godute le passeggiate per andare e tornare dalle lezioni... soprattutto per tornare.

Confidando, mio caro Sig. Smith, che questa lettera vi trovi nella vostra usuale salute,

Rimango,
Molto cordialmente vostra,
JERUSHA ABBOTT

---

[164] Coloranti sintetici derivati da liquido oleoso e incolore.

24 aprile

Caro Papà,

La primavera è ritornata! Dovreste vedere com'è grazioso il campus. Penso che potreste venire e vederlo da voi. Il signorino Jervie ha fatto un salto di nuovo lo scorso venerdì… ma ha scelto il momento più infausto, perché Sallie, Julia e io stavamo giusto correndo per prendere il treno. E dove pensate che stavamo andando? A Princeton, per partecipare al ballo e alla partita di baseball, se permettete! Non vi ho chiesto se potessi andare, perché avevo il sospetto che il vostro segretario avrebbe detto di no. Ma è stato del tutto regolare; abbiamo ricevuto un permesso dal college, e la signora McBride ci ha accompagnate. Abbiamo trascorso un momento splendido… ma dovrò omettere i dettagli; sono davvero troppi e complicati.

Sabato

Sveglia prima dell'alba! Il guardiano notturno ci ha chiamate – sei di noi – e abbiamo preparato il caffè in uno scaldavivande (non si sono mai visti così tanti fondi!) e abbiamo camminato per due miglia verso la cima di One Tree Hill per vedere sorgere il sole.

Ci siamo dovute arrampicare sull'ultimo pendio! Per poco il sole ci batteva! E forse non immaginate con quanto appetito siamo tornate indietro per la colazione!

Oddio, Papà, sembra che io abbia uno stile molto esclamativo oggi; questa pagina è punteggiata di esclamazioni.

Avrei voluto scrivere molto riguardo agli alberi in boccio e al nuovo sentiero di terra battuta nel campo di atletica, e al terribile compito che abbiamo in biologia per domani, e alle nuove canoe sul lago, e a Catherine Prentiss che ha la polmonite, e al gattino Angora di Prexy

Questo è il gattino di Prexy. Potete vedere dall'immagine quanto è Angora

che si è allontanato da casa e ha dimorato al Fergussen Hall per due settimane fino a quando una cameriera non lo ha riportato, e riguardo ai miei tre vestiti nuovi – bianco e rosa tenue e blu a pois con un cappello da abbinare – ma sono troppo stanca. Utilizzo sempre ciò come scusa, vero? Ma un college femminile è un luogo movimentato e ci sentiamo davvero stanche a fine giornata! Soprattutto quando la giornata inizia all'alba.

Con affetto,
JUDY

15 maggio

Caro Papà Gambalunga,

È buona educazione salire su un tram per guardare solo fisso in avanti e non vedere nessun altro?

Oggi una donna davvero bellissima in un vestito di velluto davvero bellissimo è entrata nel tram, e senza la minima espressione si è seduta per quindici minuti e ha guardato un cartello pubblicitario sulle giarrettiere. Non sembra educato ignorare tutti gli altri come se fossi l'unica persona importante presente. Comunque, così facendo si perde molto. Mentre era tutta assorta in quello sciocco cartello, io stavo studiando l'intero tram pieno di esseri umani interessanti.

L'illustrazione a corredo è con la presente riprodotta per la prima volta. Sembra un ragno alla fine di un cordino, ma non lo è affatto; è un ritratto di me stessa mentre imparo a nuotare nella piscina della palestra.

L'istruttrice aggancia una corda a un anello sulla parte posteriore della mia cintura, e lo fa passare attraverso una carrucola sul soffitto. Sarebbe un bellissimo sistema se si avesse perfetta fiducia nell'onestà dell'istruttrice. Ho sempre paura, però, che allenti la corda, quindi tengo un occhio ansioso su di lei e nuoto con l'altro, e con questo interesse diviso non faccio i progressi che diversamente dovrei fare.

Recentemente stiamo avendo un clima molto vario. Stava piovendo quando ho iniziato e ora splende il sole. Sallie e io usciremo a giocare a tennis… in tal modo guadagneremo l'esenzione da ginnastica.

Una settimana dopo

Avrei dovuto finire questa lettera tempo fa, ma non l'ho fatto. Non vi dispiace, vero, papà, se non sono molto regolare? Mi piace davvero scrivervi; mi dà una sensazione così dignitosa di avere qualche familiare. Vi piacerebbe se vi raccontassi qualcosa? Non siete l'unico uomo a cui scrivo lettere. Ce ne sono altri due! Ho ricevuto delle lunghe lettere bellissime quest'inverno dal signorino Jervie (con buste dattilografate così Julia non riconosce la scrittura). Avete mai sentito qualcosa di così sconvolgente? E ogni settimana circa arriva da Princeton una missiva davvero illeggibile, solitamente su un foglio giallo da taccuino. A tutte queste rispondo con efficiente

201

prontezza. Quindi vedete ... non sono così diversa dalle altre ragazze ... ricevo corrispondenza anch'io.

Vi ho detto che sono stata eletta membro del Gruppo Teatrale dell'Ultimo Anno? Un'organizzazione davvero *recherché*.[165] Solo settantacinque membri su mille. Da coerente Socialista pensate che vi dovrei far parte?

Cosa pensate che stia impegnando al momento la mia attenzione in sociologia? Sto scrivendo (*figurez vous!*)[166] una dissertazione sulla Cura dei Bambini Abbandonati. Il Professore ha mischiato gli argomenti e li ha distribuiti in modo eterogeneo, e questo mi è capitato. *C'est drôle ça n'est pas?*[167]

Ecco il gong della cena. Vi invierò questa mia passando dalla buca delle lettere.

Con affetto,

J.

---

[165] [Esclusiva].
[166] [Immaginate].
[167] [È strano, non trovate?]

4 giugno

Caro Papà,

Periodo molto impegnato... la cerimonia di consegna dei diplomi fra dieci giorni, gli esami domani; tanto da studiare, tanto da impacchettare, e il mondo fuori talmente adorabile che ti fa male stare dentro.

Ma non importa, le vacanze stanno arrivando. Julia andrà all'estero quest'estate... è la quarta volta. Non ho alcun dubbio, Papà, che i beni non siano distribuiti equamente. Sallie, come al solito, va sugli Adirondack. E cosa pensate che farò io? Potete avere tre ipotesi. Lock Willow? Sbagliato. Gli Adirondack con Sallie? Sbagliato. (Non ci riproverò mai; sono stata dissuasa l'anno scorso.) Non potete provare a indovinare qualcos'altro? Non siete molto creativo. Ve lo dirò, Papà, se mi promettete di non opporre troppe obiezioni. Avverto il vostro segretario fin da ora che la mia mente è decisa.

Ho intenzione di trascorrere l'estate al mare con la moglie di Charles Paterson e dare lezioni private a sua figlia che inizierà il college in autunno. L'ho conosciuta tramite i McBride, ed è una donna davvero incantevole. Dovrò dare lezioni di inglese e di latino anche alla figlia minore, ma avrò poco tempo per me stessa, e guadagnerò cinquanta dollari al mese! Non vi fa impressione come se fosse una cifra davvero esorbitante? L'ha proposta lei; sarei arrossita a chiederne più di venticinque.

Finirò il soggiorno a Magnolia (è dove vive) il primo settembre e trascorrerò probabilmente le rimanenti tre settimane a Lock Willow... mi piacerebbe rivedere i Semple e tutti gli amici animali.

Vi impressiona il mio programma, Papà? Sto diventando abbastanza indipendente, vedete. Mi avete messa in piedi[168] e ora penso che possa quasi camminare da sola.

La cerimonia di consegna dei diplomi di Princeton e i nostri esami coincidono alla perfezione... cosa che è un terribile colpo. Sallie e io volevamo davvero fare in tempo, ma ovviamente è completamente impossibile.

A presto, Papà. Trascorrete un'estate piacevole e ritornate in autunno riposato e pronto per un altro anno di lavoro (questo è ciò che dovreste scrivere voi a me!). Non ho idea di cosa facciate in estate, o di come vi divertiate. Non riesco a visualizzarne l'ambiente. Giocate a golf o andate a caccia o andate a cavallo o semplicemente sedete al sole e meditate?

Comunque, qualsiasi cosa sia, divertitevi e non dimenticatevi di Judy.

---

[168] *Put me on my feet* nel testo inglese; idioma che indica un aiuto, in questo caso economico, che permette di vivere normalmente.

10 giugno

Caro Papà,

Questa è la lettera più difficile che io abbia mai scritto, ma ho deciso che devo farlo, e non si potrà tornare indietro. È molto dolce e generoso e cortese da parte vostra voler mandarmi in Europa quest'estate... lì per lì ero inebriata dall'idea; ma il mio lucido ripensamento ha detto di no. Sarebbe piuttosto illogico da parte mia rifiutare di prendere i vostri soldi per il college, e poi invece utilizzarli solo per il divertimento! Non dovete abituarmi a così tanti lussi. Non manca ciò che non si è mai posseduto; ma è terribilmente difficile trovarsi senza certe cose dopo che si è iniziato a pensare che fossero di lui... di lei (la lingua inglese ha bisogno di un altro pronome) per diritto naturale. Vivere con Sallie e Julia è un terribile sforzo per la mia filosofia stoica. Hanno avuto entrambe cose da quando erano bambine; accettano la felicità come da abitudine. Il Mondo, pensano, deve loro qualsiasi cosa vogliano. Forse il Mondo lo fa... in ogni caso, sembra ammettere il debito e saldarlo. Ma per quanto riguarda me, non mi deve nulla, e chiaramente me l'ha detto fin dall'inizio. Non ho nessun dovere di prendere in prestito il credito, perché verrà il momento in cui il Mondo rinnegherà il mio diritto.

Mi sembra di dimenarmi in un mare di metafore… ma spero che abbiate afferrato il senso, vero? Comunque, ho una forte sensazione che l'unica cosa onesta per me sia insegnare quest'estate e iniziare a mantenermi.

.   .   .   .   .   .

MAGNOLIA,
Quattro giorni dopo

Avevo proprio così tanto da scrivere, quando… cosa pensate che sia accaduto? La cameriera è arrivata con il biglietto del signorino Jervie. Anche lui andrà all'estero quest'estate; non con Julia e con la sua famiglia ma completamente da solo. Gli ho detto che mi avevate invitata ad andare con una signora che fa da chaperon a un gruppo di ragazze. Sa di voi, Papà. Cioè, sa che mio padre e mia madre sono morti, e che un cortese gentiluomo mi manda al college; semplicemente non ho il coraggio di dirgli dell'Istituto John Grier e tutto il resto. Pensa che siate il mio tutore e un vecchio amico di famiglia perfettamente legittimo. Non gli ho mai detto che non vi conosco… ciò sembrerebbe troppo strano!

Comunque, ha insistito sulla mia partenza per l'Europa. Ha detto che è una parte necessaria della mia educazione e che non devo rifiutare. E ha detto anche che sarà a Parigi nello stesso periodo, e che potremo occasionalmente svignarcela dall'accompagnatrice e cenare insieme in bei, gradevoli ristoranti per stranieri.

Ecco, Papà, la cosa mi ha tentato! Ho quasi ceduto; se non fosse stato così dispotico, forse avrei completamente ceduto. Posso essere persuasa passo dopo passo, ma non *sarò* costretta. Ha detto che sono una bambina sciocca, incosciente, irrazionale, lunatica, idiota, testarda (questi sono alcuni dei suoi ingiuriosi aggettivi; gli altri mi sono sfuggiti) e che non sapevo cosa fosse giusto per me; devo lasciar giudicare le persone più grandi. Abbiamo quasi litigato… non sono certa che non lo abbiamo proprio fatto!

Ad ogni modo, ho preparato il mio baule velocemente e sono venuta quassù. Ho pensato che fosse meglio vedere i ponti in fiamme[169] alle mie spalle prima di finire di scrivervi. Sono interamente ridotti in cenere ora. Eccomi a Cliff Top (il nome del cottage della signora Paterson) con il mio baule disfatto e Florence (la più piccola) che lotta già con la prima declinazione dei nomi. Ed è probabile che sarà una lotta. È una bambina insolitamente viziata; avrei dovuto insegnarle prima come si studia… non si è mai concentrata nella sua vita su qualcosa di più difficile di un gelato con acqua frizzante.[170]

---

[169] *see my bridges in flames* nel testo inglese; idioma che indica il volersi lasciare alle spalle una vicenda, troncare i ponti con il passato

[170] L'*ice-cream soda water* è una bevanda dolce costituita da acqua frizzante, gelato e sciroppo aromatizzato.

Utilizziamo un angolo tranquillo della scogliera come aula – la signora Paterson desidera che la tenga all'aperto – e direi che *io* ho trovato difficile concentrarmi con un mare azzurro davanti a me e navi che vi passano su! E quando penso che potrei essere su una di quelle, salpando verso terre straniere... ma *non permetterò* a me stessa di pensare ad altro all'infuori della grammatica latina.

> Le preposizioni a o ab, abusque, coram, cum, de, e o ex, præ, pro, sine, tenus, in, subter, sub e super reggono l'ablativo.

Quindi vedete, Papà, mi sono già gettata a capofitto nel lavoro con gli occhi ostinatamente lontani dalla tentazione. Non siate arrabbiato con me, vi prego, e non crediate che non apprezzi la vostra gentilezza, perché lo faccio... sempre... sempre. L'unico modo che ho per ripagarvi è diventando una Cittadina Davvero Utile (le donne sono cittadine? Suppongo che non lo siano). Comunque, una Persona Davvero Utile. E quando mi guarderete potrete dire: «Ho dato al mondo quella Persona Davvero Utile.»

Suona bene, vero, Papà? Ma non desidero ingannarvi. Spesso mi prende la sensazione che io non sia per nulla straordinaria; è divertente programmare una carriera, ma in tutta probabilità, non diventerò nemmeno un po' diversa da ogni altra persona comune. Potrei

finire per sposare un becchino ed essere un'ispirazione
per lui nel suo lavoro.

Per sempre vostra,
JUDY

Caro Papà Gambalunga,

La mia finestra si affaccia sul più meraviglioso paesaggio – anzi paesaggio oceanico – nient'altro che acqua e rocce.

L'estate passa. Trascorro la mattina con il latino e l'inglese e l'algebra e le mie sciocche ragazze. Non so come Marion possa entrare al college, o rimanerci una volta entrata. E per quanto riguarda Florence, è senza speranza... ma oh! è una così piccola meraviglia. Suppongo che non importi in alcun modo se sono sciocche o meno, fintantoché sono carine, no? Non si può fare a meno di pensare, come le loro conversazioni annoieranno i loro mariti, a meno che non saranno abbastanza fortunate da accaparrarsi dei mariti sciocchi. Suppongo che sia una cosa davvero probabile; il mondo sembra essere pieno di uomini sciocchi; ne ho incontrati parecchi quest'estate.

Nel pomeriggio facciamo una passeggiata sulle scogliere, o nuotiamo, se la marea è giusta. Riesco a nuotare nell'acqua salata con estrema facilità... vedete che la mia educazione viene già sfruttata!

Una lettera arriva dal signor Jervis Pendleton che si trova a Parigi, una lettera piuttosto breve, concisa; non

sono ancora stata completamente perdonata per aver ri-
fiutato di seguire il suo consiglio. Comunque, se ritorna
in tempo, mi incontrerà per qualche giorno a Lock Willow, prima che il college riapra, e se sarò buona e dolce e
docile, entrerò (sono indotta a desumere) nuovamente
nelle sue grazie.

È arrivata anche una lettera da Sallie. Vuole che vada
al loro campo per due settimane a settembre. Devo chie-
dervi il permesso, oppure sono già arrivata al punto in cui
posso fare ciò che voglio? Sì, sono certa di esserci arrivata... sono una studentessa dell'Ultimo anno, sapete.
Avendo lavorato tutta l'estate, ho voglia di prendermi
una piccola salutare distrazione; desidero vedere gli Adirondack; desidero vedere Sallie; desidero vedere il fratello di Sallie – ha intenzione di insegnarmi ad andare in
canoa – e (veniamo al motivo principale, che è meschino) voglio che il signorino Jervie arrivi a Lock Willow e non mi trovi.

Devo mostrargli che non può darmi ordini. Nessuno
può darmi ordini all'infuori di voi, Papà... e neppure voi
potete farlo sempre! Me ne vado nei boschi.

JUDY

Caro Papà,

La vostra lettera non è arrivata in tempo (sono felice di dirlo). Se desiderate che i vostri ordini siano eseguiti, dovete farli trasmettere al vostro segretario in meno di due settimane. Come vedete, sono qui, e ci sono da cinque giorni.

I boschi sono belli, e altrettanto il campo, e altrettanto il clima, e altrettanto i McBride, e altrettanto il mondo intero. Sono davvero felice!

C'è Jimmie che mi chiama per andare in canoa. A presto... mi scuso per avervi disobbedito, ma perché siete così insistente riguardo al non volermi far divertire un po'? Dopo aver lavorato tutta l'estate merito due settimane. Siete una persona terribilmente egoista.[171]

Eppure... vi voglio ancora bene, Papà, malgrado i vostri difetti.

JUDY

---

[171] *dog-in-the-mangerish* nel testo inglese; espressione idiomatica che deriva da una favola di Esopo (*Il cane nella mangiatoia*) e che designa una persona che nega agli altri i beni dei quali non può godere lei stessa.

3 ottobre

Caro Papà Gambalunga,

Eccomi ritornata al college e studentessa dell'Ultimo anno... anche redattrice del *Monthly*. Non sembra possibile, vero, che una persona così raffinata, solo quattro anni fa, fosse una reclusa dell'Istituto John Grier? Facciamo presto in America!

Cosa ne pensate di questo? Un biglietto dal signorino Jervie indirizzato a Lock Willow e inviatomi qui. Si dispiace ma non potrà fare un salto quest'autunno; ha accettato un invito per navigare su uno yacht con alcuni amici. Spera che abbia trascorso una bell'estate e che mi stia godendo la campagna.

E sapeva tutto il tempo che ero con i McBride, perché Julia gliel'ha detto! Voi uomini dovreste lasciare gli intrighi alle donne; non avete abbastanza tatto.[172]

Julia ha un baule pieno dei più incantevoli abiti nuovi... un abito da sera di crêpe Liberty arcobaleno che sarebbe l'abbigliamento appropriato per gli angeli in Paradiso. E ho pensato che i miei vestiti quest'anno fossero

---

[172] *a light enough touch* nel testo inglese; idioma per indicare l'abilità di avere tatto.

imprecedentemente[173] (esiste una parola simile?) bellissimi. Ho copiato il guardaroba della signora Paterson con l'aiuto di sarti economici, e sebbene gli abiti non risultassero proprio identici agli originali, ero completamente felice finché Julia non ha disfatto il baule. Ma ora... sogno di vedere Parigi!

Caro Papà, non siete felice di non essere una ragazza? Suppongo che pensiate che il clamore che creiamo sui vestiti sia assolutamente troppo sciocco? Lo è. Nessun dubbio a riguardo. Ma la colpa è interamente vostra.

Avete mai sentito dell'erudito Professore tedesco che considerava superflui gli ornamenti con disprezzo, e preferiva i vestiti adatti e pratici per le donne? Sua moglie che era una creatura compiacente, adottò la «riforma dei vestiti.» E cosa pensate che abbia fatto lui? È scappato con una corista.

Per sempre vostra,
JUDY

P.S. La donna delle pulizie nel nostro corridoio indossa grembiuli blu di percalle a quadretti. Ho intenzione di procurargliene dei marroni invece, e di buttare quelli blu in fondo al lago. Ogni volta che li guardo mi viene un brivido evocativo.

---

[173] *unprecedentedly* nel testo inglese.

17 novembre

Caro Papà Gambalunga,

Una tale rovina è piombata sulla mia carriera letteraria. Non so se dirvelo o no, ma vorrei un po' di comprensione... comprensione silenziosa, vi prego; non riaprite la ferita facendone riferimento nella prossima lettera.

Ho scritto un libro, tutto lo scorso inverno di sera, e tutta l'estate quando non insegnavo latino alle mie due sciocche bambine. L'avevo appena finito prima che il college aprisse e l'avevo inviato a un editore. L'ha tenuto per due mesi, ed ero certa che lo avrebbe accettato; ma ieri mattina un pacchetto espresso è arrivato (con la tassa di trenta centesimi) ed è tornato indietro con una lettera dall'editore, una lettera bella, paterna... ma schietta! Diceva che ha visto dall'indirizzo che vado ancora al college, e se avessi accettato un consiglio, mi avrebbe suggerito di impiegare tutte le mie energie nelle mie lezioni e di aspettare finché non mi diplomo prima di iniziare a scrivere. Ha accluso l'opinione del suo lettore. Eccola:

«Trama altamente inverosimile. Caratterizzazione esagerata. Conversazione innaturale. Parecchio umorismo ma

215

non sempre di buon gusto. Suggerirle di continuare a provare, e con il tempo potrà forse scrivere un vero libro.»

Non del tutto lusinghiero, vero, Papà? E ho pensato che stessi dando un notevole contributo alla letteratura americana, davvero. Avevo intenzione di stupirvi scrivendo un grande romanzo prima di diplomarmi. Ho raccolto del materiale mentre ero a casa di Julia lo scorso Natale. Ma temo che l'editore abbia ragione. Probabilmente due settimane non sono abbastanza per osservare i modi di fare e i costumi di una grande città.

L'ho portato a passeggiare con me ieri pomeriggio, e quando sono arrivata all'officina del gas,[174] vi sono entrata e ho chiesto al tecnico se potevo prendere in prestito la sua fornace. Gentilmente ha aperto la porta, e con le mie stesse mani l'ho abbandonato. Mi sono sentita come se avessi cremato il mio unico figlio!

Sono andata a letto la scorsa notte completamente avvilita; ho pensato che non sarei mai arrivata a nulla, e che voi avevate buttato via il vostro denaro per niente. Ma la sapete una cosa? Mi sono svegliata stamattina con una bellissima trama nuova nella mente, e per tutto il giorno mi sono data da fare per pianificare i personaggi, più felice che mai. Nessuno mi può mai accusare di essere pessimista! Se un giorno un terremoto ingoiasse mio marito e i miei dodici figli, mi

[174] *Gas house* nel testo inglese; luogo dove veniva prodotto il gas per il riscaldamento e l'illuminazione.

rialzerei sorridente il giorno dopo e inizierei a procurarmi un altro assortimento.

Con affetto,
JUDY

14 dicembre

Caro Papà Gambalunga,

La scorsa notte ho fatto il sogno più divertente che si possa immaginare. Mi pareva di entrare in una libreria e il commesso mi porgeva un nuovo libro intitolato *La Vita e le Lettere di Judy Abbott*. Riuscivo a vederlo davvero chiaramente... rilegatura in tessuto rosso con un disegno dell'Istituto John Grier sulla copertina, e il mio ritratto come frontespizio con «Molto sinceramente vostra, Judy Abbott» scritto sotto. Ma proprio appena stavo girando le pagine verso la fine per leggere l'iscrizione sulla mia lapide, mi sono svegliata. È stato davvero irritante! Stavo quasi scoprendo chi avrei sposato e quando sarei morta.

Non pensate che sarebbe interessante se si potesse davvero leggere la storia della propria vita... scritta in tutta sincerità da un autore onnisciente? E supponiamo che la si possa solo leggere a una condizione: che non la si dimentichi mai, ma che si continui a vivere sapendo in anticipo esattamente come si concluderà ogni cosa che si fa, e prevedendo l'ora esatta del momento in cui si morirà. Quante persone credete che avrebbero il coraggio di leggerla a quel punto? O quanti riuscirebbero a reprimere la loro curiosità a sufficienza da evitare di leggerla, anche al prezzo di avere una vita senza speranza e senza sorprese?

La vita è abbastanza monotona nella migliore delle ipotesi; si deve mangiare e dormire troppo spesso. Ma immaginate quanto *tremendamente* monotona potrebbe essere se nessuna cosa inaspettata potesse accadere tra i pasti. Misericordia! Papà, c'è una macchia, ma sono alla terza pagina e non posso iniziare un nuovo foglio.

Sto continuando con biologia anche quest'anno… materia molto interessante; in questo momento stiamo studiando il sistema alimentare. Dovreste vedere com'è carina al microscopio la sezione trasversale del duodeno di un gatto.

Abbiamo anche iniziato la filosofia… interessante ma evanescente. Preferisco la biologia dov'è possibile appuntare l'oggetto da studiare su una tavoletta. Ce n'è un'altra! E un'altra! Questa penna sta gocciolando copiosamente. Vi prego di perdonare le sue lacrime.

Credete nel libero arbitrio? Io sì… senza riserve. Non sono per niente d'accordo con i filosofi che pensano che ogni azione sia la risultante assolutamente inevitabile e automatica di un'aggregazione di cause remote. È la dottrina più immorale che abbia mai sentito… nessuno dovrebbe essere incolpato di nulla. Se un uomo credesse nel fatalismo, starebbe semplicemente seduto e direbbe: «Sia fatta la volontà di Dio», e continuerebbe a stare seduto finché non cadrebbe a terra morto.

Credo completamente nel mio libero arbitrio e nel mio potere di agire… e ciò è la convinzione che muove le montagne. Mi vedrete diventare una grande scrittrice! Ho terminato quattro capitoli del mio nuovo libro e ne ho abbozzati altri cinque.

Questa è una lettera molto astrusa… vi fa male la testa, Papà? Penso che dovremmo smetterla ora e fare un po' di fudge.[175] Mi scuso se non ve ne posso inviare un pezzo; sarà insolitamente buono, perché abbiamo intenzione di farlo con della vera panna e tre panetti di burro.

Affettuosamente vostra,
JUDY

P.S. Stiamo facendo un ballo figurato a lezione di ginnastica. Potete vedere dal disegno a corredo quanto sembriamo un vero balletto. Quella in fondo che compie una piroetta è me… voglio dire sono io.[176]

[175] Vd. nota 53.
[176] L'autrice gioca sull'incertezza di Judy in merito all'uso del pronome personale oggetto *me* e soggetto *I*.

26 dicembre

Mio caro, caro Papà,

Non avete un po' di buon senso? Non *sapete* che non dovete regalare a una ragazza diciassette regali di Natale? Sono una Socialista, vi prego di ricordarlo; volete che diventi una Plutocrate?[177]

Pensate quanto sarebbe imbarazzante se dovessimo mai litigare! Dovrei noleggiare un carro da trasloco[178] per restituirvi tutti i regali.

Mi dispiace che la sciarpa che vi ho mandato fosse di fattura un po' difettosa; l'ho annodata con le mie mani (come avete scoperto indubbiamente da prove interne).

---

[177] Cioè una sostenitrice del predominio politico di uomini ricchi.

[178] Carro per il trasporto di mobilia o altri oggetti pesanti e ingombranti.

Dovrete indossarla nei giorni freddi e mantenere il vostro cappotto abbottonato in modo stretto.

Vi ringrazio, Papà, mille volte. Penso che siate l'uomo più dolce che sia mai esistito ... e il più folle!

JUDY

Ecco un quadrifoglio dal Campo McBride, per portarvi buona fortuna per l'anno nuovo.

9 gennaio

Volete fare qualcosa, Papà, che vi assicuri la salvezza eterna? C'è una famiglia qui che è in condizioni terribilmente disperate. Una madre e un padre e quattro figli visibili... i due maschi più grandi sono spariti in giro per il mondo a fare fortuna e non ne hanno spedita neanche un po'. Il padre lavorava in una fabbrica di vetro e ha contratto la tubercolosi...[179] è un lavoro terribilmente pericoloso... e ora è stato mandato in ospedale. Ciò ha portato via tutti i loro risparmi, e il sostentamento della famiglia ricade sulla figlia che ha ventiquattro anni. È una sarta di abiti femminili per $1.50 al giorno (quando riesce a guadagnarli) e ricama centrotavola di sera. La madre non è molto forte ed è estremamente inefficiente e pia. Siede con le mani conserte, un'immagine di paziente rassegnazione, mentre la figlia si ammazza di superlavoro e di responsabilità e di preoccupazioni; non sa come possano superare il resto dell'inverno... e nemmeno io. Con cento dollari comprerebbero del carbone e delle scarpe per i tre bambini cosicché possano andare a scuola, e

[179] *Consumption* nel testo inglese; antico termine per *tuberculosis*.

datele un margine così non deve preoccuparsi a morte quando passa qualche giorno senza lavoro.

Siete l'uomo più ricco che io conosca. Non pensate di poter donare cento dollari? Quella ragazza merita un aiuto molto più di quanto io ne abbia mai avuto bisogno. Non lo chiederei se non fosse per la ragazza; non m'importa molto di ciò che accade alla madre... è una tale pusillanime.

Il modo in cui le persone volgono sempre gli occhi al cielo e dicono: «Forse andrà tutto per il meglio», mentre sono perfettamente sicure che non sarà così, mi fa infuriare. L'umiltà e la rassegnazione o in qualunque modo si scelga di chiamarla, è semplicemente inerzia impotente. Sono per una religione più militante!

Stiamo ricevendo i compiti più tremendi in filosofia... tutto Schopenhauer[180] per domani. Il professore non sembra capire che stiamo seguendo altre materie. È un vecchio tipo strano;[181] va in giro con la testa fra le nuvole e sbatte le palpebre con stupore quando occasionalmente si trova sulla terra ferma. Cerca di alleggerire le sue lezioni con qualche battuta occasionale... e noi diamo il meglio sorridendo, ma vi assicuro che alle sue battute non c'è niente da ridere. Trascorre tutto il suo

---

[180] Arthur Schopenhauer (1788-1860) è considerato uno dei maggiori filosofi del XIX secolo.

[181] *queer old duck* nel testo inglese; slang per 'vecchio tipo strano'.

tempo tra una lezione e l'altra cercando di capire se esista davvero o se solo lui pensa che esista.

Sono sicura che la mia sartina non ha alcun dubbio che esista!

Dove pensate che sia andato a finire il mio nuovo romanzo? Nel cestino della spazzatura. Riesco a capire da me stessa che non era nulla di buono, e quando un affezionato autore lo capisce, quale *sarebbe* il giudizio di un pubblico critico?

Più tardi

Vi scrivo, Papà, da un letto di dolore. Per due giorni sono stata bloccata con le tonsille gonfie; riesco solo a ingoiare del latte caldo, e questo è tutto. «Cosa avevano in mente i tuoi genitori per non far rimuovere quelle tonsille quando eri una bambina?» voleva sapere il dottore. Sono certa di non averne idea, ma dubito del fatto che mi stessero considerando un granché.

Vostra,
J. A.

La mattina dopo

L'ho appena riletta prima di sigillarla. Non so *perché* getto una tale atmosfera confusa sulla vita. Mi affretto ad assicurarvi che sono giovane e allegra ed esuberante; e confido che anche voi lo siate. La giovinezza non ha nulla a che fare con le date di nascita, solo con la *vivacità* dello spirito, quindi anche se i vostri capelli sono grigi, Papà, potete essere ancora un ragazzo.

Con affetto,
JUDY

12 gennaio

Caro Sig. Filantropo,

Il vostro assegno per la mia famiglia[182] è arrivato ieri. Vi ringrazio molto! Ho interrotto la palestra e gliel'ho portato proprio subito dopo pranzo, e avreste dovuto vedere la faccia della ragazza! Era così sorpresa e felice e rincuorata che sembrava quasi giovane; e ha solo ventiquattro anni. Non è un peccato?

Comunque, ora si sente come se tutte le cose belle stiano capitando contemporaneamente. Ha un lavoro fisso per i prossimi due mesi... qualcuno deve sposarsi, e c'è il corredo da fare.

«Grazie al buon Dio!» ha esclamato la madre, quando ha capito che quel piccolo pezzo di carta erano cento dollari.

«Non è stato affatto il buon Dio» ho detto, «è stato Papà Gambalunga.» (Vi ho chiamato il signor Smith).

«Ma è stato il buon Dio a suggerirglielo» ha detto lei.

«Per nulla! Gliel'ho suggerito io stessa» ho detto.

---

[182] Si riferisce alla famiglia per la quale aveva richiesto aiuto economico nella lettera precedente.

Ma comunque, Papà, confido che il buon Dio vi ricompenserà adeguatamente. Meritate diecimila anni di meno in purgatorio.

La vostra più riconoscente,
JUDY ABBOTT

Possa compiacere La Sua Eccellentissima Maestà,

Questa mattina ho davvero fatto colazione con un pasticcio di tacchino freddo e un'oca, e ho davvero ordinato una tazza di tè (una bevanda cinese) che non avevo mai bevuto prima.

Non siate nervoso, Papà… non ho perso il senno; sto semplicemente citando Sam'l Pepys.[183] Lo stiamo leggendo in Storia Inglese, fonti originali. Sallie, Julia e io ora conversiamo nel linguaggio del 1660. State a sentite questo:

«Giungetti a Charing Cross per vedere l'impiccagione del Maggiore Harrison, sventrato et squartato: costui si mostrava lieto come qualsivoglia uomo in cotale condizione.» E questo: «Ho desinato con la mia signora che porta un bel lutto per il fratello che è mancato ieri di febbre epidermica.»[184]

Sembra un po' presto per iniziare il divertimento, non è così? Un amico di Pepys ha ideato un astuto metodo

---

[183] Samuel Pepys (1632-1703) è uno scrittore inglese e membro della marina.

[184] Si riferisce al tifo petecchiale, detto anche epidermico.

attraverso il quale il re potrà pagare i suoi debiti, vendendo ai poveri delle provviste andate a male. Cosa ne pensereste, da riformatore? Non credo che siamo tanto cattivi oggi come i giornali fanno credere.

Samuel adorava i suoi abiti come qualsiasi ragazza; spendeva in abiti cinque volte più di sua moglie... sembra che fosse l'Età d'Oro dei mariti. Non è una dichiarazione toccante? Vedete come fosse davvero onesto: «Oggi è giunto a casa il mio elegante cappotto di Camlet[185] con i bottoni dorati, che mi è costato molti soldi, e prego Dio di rendermi in grado di poterlo pagare.»

Scusatemi per essere così presa da Pepys; sto scrivendo una dissertazione speciale su di lui.

Cosa ne pensate, Papà? L'Associazione di Autogoverno[186] ha abolito la regola delle dieci.[187] Possiamo tenere le luci per tutta la notte se vogliamo, l'unico requisito è che non si devono disturbare le altre... non possiamo divertirci su ampia scala. Il risultato è una bellissima osservazione sulla natura umana. Ora che possiamo

---

[185] Un tessuto di origine asiatica, che si suppone derivasse dal pelo del cammello e dalla seta, e in seguito, dal pelo della capra e dalla seta.

[186] La *Self-Government Association* fu un'associazione fondata nel 1892 dagli studenti universitari del college Bryn Mawrnel (Pennsylvania), che permise loro di praticare l'autogoverno, ossia di creare regole e principi da rispettare.

[187] La *ten-o'clock rule* era la regola che vietava l'uscita oltre le 22, salvo permesso speciale dello chaperon.

stare sveglie quanto vogliamo, non lo vogliamo più. Le nostre teste iniziano a tentennare alle nove, e alle nove e trenta la penna cade dalla nostra fiacca presa. Sono le nove e trenta ora. Buona notte.

Domenica

Appena tornata dalla chiesa... c'era un predicatore della Georgia. Dobbiamo fare attenzione, dice, a non sviluppare il nostro intelletto a danno della nostra indole emotiva... ma mi è sembrato che fosse un povero, arido sermone (di nuovo Pepys). Non importa da quale parte degli Stati Uniti o del Canada provengano, o che denominazione abbiano, riceviamo sempre la medesima predica. Perché diamine non vanno nei college maschili e non incoraggiano gli studenti a non permettere che la loro natura virile sia spenta da un eccessivo impegno mentale?

È una bellissima giornata... freddissima e gelida e limpida. Appena sarà terminato il pranzo, Sallie, Julia, Marty Keene, Eleanor Pratt (mie amiche, ma non le conoscete) e io indosseremo le gonne corte[188] e passeggeremo attraverso la campagna della Tenuta Crystal Spring e faremo uno spuntino con pollo fritto e waffle,[189] e poi ci faremo riaccompagnare in istituto dal signor

---

[188] Cioè quelle sotto al ginocchio e non quelle fino alle caviglie.
[189] Vd. Nota 111.

Crystal Spring. Si presume che dovremmo tornare all'interno del campus alle sette, ma faremo uno strappo alla regola e rientreremo alle otto.

Mi congedo, gentile signore.

Ho l'onore di sottoscrivermi,
la vostra suddita più leale, coscienziosa, fedele
e obbediente,
J. ABBOTT

Caro Sig. Benefattore,

Domani è il primo mercoledì del mese... un giorno stancante per l'Istituto John Grier. Come saranno sollevati quando arriveranno le cinque e voi darete un colpetto sulla testa e ve ne andrete via! Mi avete mai (individualmente) dato un colpetto sulla testa, Papà? Non penso... la mia memoria sembra ricordare solo Benefattori robusti.

Portate all'Istituto i miei amorevoli saluti, vi prego... l'espressione del mio affetto *sincero*. Provo proprio un sentimento di tenerezza appena guardo al passato attraverso la nebbia degli ultimi quattro anni. Quando sono venuta per la prima volta al college, mi sono sentita abbastanza amareggiata perché ero stata privata del tipo normale di infanzia che le altre ragazze avevano avuto; ma adesso, non mi sento più in quel modo. La considero come un'avventura davvero inusuale. Mi dà una sorta di punto di vantaggio dal quale allontanarmi e guardare alla vita. Essendone uscita completamente matura, ho acquisito una prospettiva sul mondo, che le altre persone che sono state cresciute nel turbinio delle cose, non hanno assolutamente.

Conosco molte ragazze (Julia, per esempio) che non si rendono mai conto che sono felici. Sono così abituate alla sensazione che i loro sensi si sono assuefatti, ma per quanto mi riguarda... sono perfettamente cosciente di ogni momento della mia vita in cui sono felice. E ho intenzione di continuare a esserlo, non importa quali cose spiacevoli accadano. Ho intenzione di considerarle (anche i mal di denti) esperienze interessanti, ed essere felice di sapere cosa si prova. «Qualunque cielo mi sovrasti, ho a cuore ogni destino.»[190]

Comunque, Papà, non prendete questo nuovo affetto per l'I. J. G. in maniera troppo letterale. Se avessi cinque figli, come Rousseau,[191] non li lascerei mai sulle scale di un orfanotrofio per assicurarmi che siano educati con semplicità.

Porgete i miei più cari saluti alla signora Lippett (penso sia sufficiente questo; parlare di affetto sarebbe un po' eccessivo) e non dimenticate di dirle che bellissima personalità ho sviluppato.

Con affetto,
JUDY

[190] «Whatever sky's above me, I've a heart for any fate», libera citazione del terzo e quarto verso della seconda stanza di *To Thomas Moore* (1817) di Lord George Byron (1788-1824): «And, whatever sky's above me, / Here's a heart for every fate.»

[191] Jean-Jacques Rousseau (1712-1778) è un filosofo e scrittore francese che si interessò anche dell'educazione.

LOCK WILLOW,
4 aprile

Caro Papà,

Avete notato il francobollo? Sallie e io stiamo abbellendo Lock Willow con la nostra presenza durante le vacanze di Pasqua. Abbiamo deciso che la cosa migliore che potevamo fare con i nostri dieci giorni fosse venire in un luogo tranquillo. I nostri nervi sono arrivati al punto in cui non sopporterebbero un altro pasto al Fergussen. Pranzare in una camerata con quattrocento ragazze è un dramma quando si è stanche. C'è così tanto baccano che non si riescono a sentire parlare le ragazze che siedono di fronte se non mettono le mani a megafono e urlano. Questa è la verità.

Camminiamo a passo spedito oltre le colline e leggiamo e scriviamo, e trascorriamo un bel periodo riposante. Questa mattina siamo salite sulla cima di «Sky Hill» dove il signorino Jervie e io una volta abbiamo cucinato lo spuntino … non sembra possibile che siano passati quasi due anni. Posso ancora vedere il luogo in cui il fumo del nostro fuoco aveva annerito la roccia. È buffo come alcuni posti siano collegati ad alcune persone, e non ci si

235

ritorni senza pensarci. Mi sono sentita abbastanza sola senza di lui... per due minuti.

Quale pensate che sia la mia più recente occupazione, Papà? Inizierete a credere che sono incorreggibile... sto scrivendo un libro. L'ho iniziato tre settimane fa e lo sto facendo freneticamente. Ho scoperto il segreto. Il signorino Jervie e quell'editore avevano ragione; si è più convincenti quando si scrive di cose che si conoscono. E questa volta si tratta di qualcosa che conosco davvero... in modo esaustivo. Indovinate dov'è ambientato? All'Istituto John Grier! Ed è buono, Papà, credo davvero che lo sia... proprio sulle piccolissime cose che accadevano ogni giorno. Sono realista ora. Ho abbandonato il romanticismo; devo ritornarci più avanti però, quando il mio avventuroso futuro inizierà.

Questo nuovo libro sarà terminato... e pubblicato! Vedrete se non sarà così. Se vuoi qualcosa proprio abbastanza profondamente e continui a provare, la otterrai alla fine. Ho tentato per ben quattro anni di ricevere una lettera da voi... e non ho ancora rinunciato alla speranza.

Arrivederci, Papà caro.

(Mi piace chiamarvi Papà caro; è così allitterativo).[192]

Con affetto,
JUDY

---

[192] In inglese l'espressione *Daddy dear* presenta, infatti, allitterazione della lettera iniziale.

P.S. Ho dimenticato di raccontarvi le notizie della tenuta, ma sono davvero angoscianti. Saltate questo postscriptum se non volete che la vostra sensibilità ne soffra.

Il povero vecchio Grove è venuto a mancare. Non riusciva più a masticare e l'hanno dovuto abbattere.

La scorsa settimana nove galline sono state uccise da una donnola o da una puzzola o da un ratto.

Una delle nostre mucche è malata, e abbiamo dovuto chiamare il veterinario da Bonnyrigg Four Corners. Amasai è rimasto sveglio tutta la notte per darle olio di semi di lino e whisky. Ma noi abbiamo un brutto presentimento che la povera mucca malata non abbia ricevuto altro che olio di semi di lino.

Sentimental Tommy (il gatto tartarugato)[193] è scomparso; abbiamo paura che sia stato preso in una trappola.

Quanti problemi ci sono nel mondo!

[193] *tortoise-shell cat* nel testo inglese; è un tipo di gatto con il pelo a chiazze.

17 maggio

Caro Papà Gambalunga,

Questa mia sarà estremamente corta perché mi fa male la spalla alla sola vista della penna. Appunti delle lezioni per tutto il giorno, romanzo immortale per tutta la sera provocano troppa scrittura.

Cerimonia di consegna dei diplomi fra tre settimane a partire dal prossimo mercoledì. Penso che dovreste venire e fare la mia conoscenza... vi odierò se non lo farete! Julia inviterà il signorino Jervie, essendo parte della sua famiglia, e Sallie inviterà Jimmie McB., essendo parte della sua famiglia, ma io chi posso invitare? Soltanto voi e la signora Lippett, e non la voglio. Vi prego di venire.

Vostra, con affetto e con il crampo dello scrittore.

JUDY

LOCK WILLOW
19 giugno

Caro Papà Gambalunga,

Sono istruita! Il mio diploma è in fondo al cassetto insieme ai miei due abiti migliori. La consegna dei diplomi è stata tradizionale, con qualche lacrima nei momenti cruciali. Vi ringrazio per i boccioli di rosa. Erano deliziosi. Anche il signorino Jervie e il signorino Jimmie mi hanno regalato entrambi delle rose ma i loro fiori li ho lasciati nella vasca da bagno e ho portato i vostri durante la sfilata di classe.

Eccomi a Lock Willow per l'estate... per sempre forse. Il vitto è economico; l'ambiente tranquillo e favorevole a una vita letteraria. Che cosa desidera di più uno scrittore in difficoltà? Ho una certa frenesia per il mio libro. Ci penso in ogni momento di veglia, e lo sogno la notte. Tutto ciò che desidero è pace e tranquillità e molto tempo per lavorare (inframmezzato con pasti nutrienti).

Il signorino Jervie arriverà per una settimana circa in agosto, e Jimmie McBride farà qualche salto durante l'estate. È impiegato nel campo della finanza ora, e gira il paese per vendere i titoli di stato alle banche. Dovrà passare anche dalla «Farmer's National»[194] ai Corners e nello stesso viaggio verrà a trovarmi.

Vedete che Lock Willow non manca interamente di mondanità. Mi sarei aspettata che voi veniste a fare un giro… solo adesso so che questo mio desiderio è senza speranza. Da quando non siete venuto alla consegna del mio diploma di laurea, vi ho strappato dal mio cuore e vi ho sotterrato per sempre.

JUDY ABBOTT, A. B.[195]

---

[194] Una banca locale.
[195] A.B. è una sigla che sta per *Bachelor of Arts*, cioè laureata.

24 luglio

Carissimo Papà Gambalunga,

Non è divertente lavorare?… o voi non lavorate mai? È particolarmente divertente quando il tipo di attività è quella che preferisci più di ogni altra cosa al mondo. Per tutta l'estate ho scritto tanto veloce quanto la mia penna potesse andare, e il mio unico risentimento verso la vita è che i giorni non sono abbastanza lunghi per scrivere tutti i bellissimi e preziosi e divertenti pensieri che mi vengono in mente.

Ho finito la seconda stesura del mio libro e inizierò la terza domani mattina alle undici e mezza. È il libro più carino che abbiate mai visto… lo è, veramente. Non penso ad altro. Posso a malapena aspettare di vestirmi di mattina e far colazione prima di iniziare; poi scrivo e scrivo e scrivo finché all'improvviso sono talmente stanca da essere dolorante ovunque. Allora esco con Colin (il nuovo cane da pastore) e scorrazzo attraverso i campi e trovo una nuova scorta di idee per il giorno successivo. È il libro più bello che abbiate mai visto – Oh, pardon – ve l'ho già detto.

Non pensate che sia presuntuosa, vero, Papà caro?

Non lo sono, in realtà, proprio ora sono semplicemente in uno stato d'animo entusiastico. Forse poi diventerò fredda e critica e sdegnosa. No, sono certa che non sarà così! Questa volta ho scritto un vero libro. Aspettate solo di vederlo.

Proverò per un minuto a parlarvi di qualcos'altro. Vi ho mai detto, o no, che Amasai e Carry si sono sposati lo scorso maggio? Lavorano ancora qui, ma da quello che posso vedere li ha rovinati entrambi. Lei era davvero solita ridere quando lui entrava con le scarpe infangate o lasciava cadere la cenere sul pavimento, ma ora... la dovreste sentire strillare! E non si arriccia più i capelli. Amasai, che era solito essere così disponibile a sbattere i tappeti e a trasportare la legna, brontola se gli si chiede una cosa del genere. Anche le sue cravatte sono abbastanza tetre... nere e marroni, quando erano solite essere scarlatte e viola. Ho deciso che non mi sposerò mai. È un processo che deteriora, con tutta evidenza.

Non ci sono molte altre notizie dalla tenuta. Gli animali sono tutti nella migliore condizione di salute. I maiali sono insolitamente grassi, le mucche sembrano felici e le galline stanno deponendo bene. Siete interessato al pollame? Se è così, lasciate che vi consigli quell'impagabile libretto *200 Uova per Gallina all'Anno*. Sto pensando di dare inizio a un'incubatrice la prossima primavera e di allevare dei polletti. Vedete che mi sono sistemata a Lock Willow in maniera permanente. Ho deciso di rimanere finché non avrò scritto 114 romanzi come la madre di

Anthony Trollope.[196] Allora avrò completato il lavoro di tutta la mia vita e potrò andare in pensione e viaggiare.

Il signor James McBride[197] ha passato la scorsa domenica con noi. Pollo fritto e gelato per cena, sembra che abbia apprezzato entrambi. Ero terribilmente felice di vederlo; mi ha riportato alla mente per un attimo che il mondo in generale esiste. Il povero Jimmie sta passando un brutto momento a vendere i suoi titoli di stato. La Farmer's National ai Corners non ne ha voluto sapere, nonostante paghino un interesse del sei percento e a volte del sette. Penso che finirà per ritornare a casa a Worcester e a lavorare nell'azienda di suo padre. È troppo franco e fiducioso e di buon cuore per diventare un affermato finanziere. Ma essere l'amministratore di una fiorente azienda di abiti da lavoro è una posizione molto desiderabile, non pensate? Proprio ora storce il naso agli abiti da lavoro, ma vi ritornerà.

Spero apprezziate il fatto che questa sia una lettera lunga da parte di una persona con il crampo dello scrittore. Ma vi voglio ancora bene, Papà caro, e sono molto felice. Con un panorama bellissimo tutt'intorno, e molto da mangiare e un confortevole letto a baldacchino e una risma di carta bianca e una bottiglia intera di inchiostro... cosa si può mai desiderare di più al mondo?

Vostra, come sempre,
JUDY

[196] Frances Milton Trollope (1779-1863).
[197] Nome di battesimo di Jimmie McBride.

P.S. Il postino arriva con delle nuove notizie. Aspettiamo il signorino Jervie per venerdì prossimo a trascorrere una settimana. È una prospettiva davvero piacevole… ho solo paura che il mio povero libro ne soffrirà. Il signorino Jervie è molto esigente.

27 agosto

Caro Papà Gambalunga,

Dove siete, mi domando io?

Non so mai in che parte del mondo vi troviate, ma spero che non siate a New York con questo terribile clima. Spero che siate sulla cima di una montagna (ma non in Svizzera; in qualche parte vicina) a contemplare la neve e a pensare a me. Vi prego di pensarmi. Sono abbastanza sola e voglio che qualcuno pensi a me. Oh, Papà, come vorrei conoscervi! Così quando saremmo infelici ci si potrebbe risollevare a vicenda.

Non penso che possa sopportare ancora a lungo Lock Willow. Sto pensando di andarmene. Sallie farà assistenza sociale a Boston il prossimo inverno. Non pensate che sarebbe carino andare con lei, poi potremmo avere uno studio in comune? Potrei scrivere mentre *lavora*[198] e potremmo stare insieme di sera. La sera è molto lunga quando non c'è nessuno con cui parlare all'infuori dei Semple e di Carrie e Amasai. So prima del tempo che non vi piacerà la mia idea dello

[198] *Settle* nel testo inglese.

studio. In questo momento riesco a leggere la lettera del vostro segretario:

Signorina Jerusha Abbott

GENTILE SIGNORA,
Il signor Smith preferisce che rimaniate a Lock Willow.

Sinceramente vostro,
ELMER H. GRIGGS

Detesto il vostro segretario. Sono certa che un uomo di nome Elmer H. Griggs debba essere orrido. Ma davvero, Papà, penso che andrò a Boston. Non posso stare qui. Se qualcosa di nuovo non accade presto, mi butterò dentro un silo in preda all'assoluta disperazione.

Misericordia! Fa un tale caldo. Tutta l'erba è arsa e i ruscelli sono secchi e le strade sono polverose. Non è piovuto per settimane e settimane.

Questa lettera sembra scritta da una persona affetta da idrofobia,[199] ma non è così. Voglio semplicemente una famiglia.

Arrivederci, mio carissimo Papà.

Vorrei conoscervi.
JUDY

[199] Cioè dalla rabbia.

LOCK WILLOW,
19 settembre

Caro Papà,

È accaduto qualcosa e ho bisogno di un consiglio. Lo voglio da voi, e da nessun altro al mondo. Non sarebbe possibile per me vedervi? È molto più semplice parlare che scrivere; e ho paura che il vostro segretario possa aprire la lettera.

JUDY

P.S. Sono molto infelice.

LOCK WILLOW,
3 ottobre

Caro Papà Gambalunga,

Il vostro biglietto scritto con le vostre stesse mani – una mano piuttosto tremolante! – è arrivato questa mattina. Mi dispiace molto che siate stato malato; non vi avrei disturbato con le mie faccende se l'avessi saputo. Sì, vi dirò il problema, ma è un po' complicato da scrivere, e *molto confidenziale*. Vi prego di non conservare questa lettera, ma di bruciarla.

Prima che inizi… ecco un assegno da mille dollari. Sembra divertente, non è vero, da parte mia spedire un assegno a voi? Dove pensate che lo abbia preso?

Ho venduto la mia storia, Papà. Verrà pubblicata a puntate in sette parti, e poi in un volume! Potreste pensare che sia pazza di gioia, ma non lo sono. Sono del tutto indifferente. Certamente sono felice di iniziare a ripagarvi… vi devo più di duemila dollari. Arriveranno a rate. Ora non fate storie, vi prego, nell'accettarli, perché mi rende felice restituirveli. Vi devo molto più del semplice denaro, e il resto continuerò a pagarlo per tutta la vita in gratitudine e affetto.

E ora, Papà, riguardo all'altra cosa; vi prego di darmi il vostro consiglio più navigato, sia che pensate che mi piaccia o meno.

Sapete che ho sempre provato un sentimento speciale nei vostri confronti; rappresentate un po' la mia intera famiglia; ma non vi dispiacerà, vero, se vi dico che provo un sentimento molto più speciale per un altro uomo? Probabilmente riuscite a indovinare senza problema chi sia. Sospetto che le mie lettere siano state davvero piene del signorino Jervie per molto tempo.

Vorrei potervi far capire che tipo sia e quanto andiamo d'accordo. Pensiamo le stesse cose riguardo a tutto... temo di avere la tendenza a modificare le mie idee per accordarle alle sue! Ma ha quasi sempre ragione; ed è naturale che sia così, sapete, perché ha quattordici anni più di me. Da un altro punto di vista, però, è solo un ragazzino cresciuto troppo, e ha bisogno di essere accudito... non ha nessun buon senso nell'indossare le galosce[200] quando piove. Lui e io troviamo sempre buffe le stesse cose, e questo è tanto; è terribile quando il senso dell'umorismo di due persone è in conflitto. Non credo si possa colmare tale divario![201]

E lui... Oh, beh! È proprio se stesso, e mi manca, e mi manca, e mi manca. Tutto il mondo sembra vuoto e triste senza di lui. Detesto il chiaro di luna perché è bello e

[200] Soprascarpe impermeabili di gomma.
[201] *there's any bridging that gulf* nel testo inglese; letteralmente 'non c'è alcun ponte che possa scavalcare un tale burrone'.

lui non è qui per guardarlo insieme a me. Ma forse anche voi avete amato qualcuno, e capite? Se è così, non ho bisogno di spiegarvelo; se non è così, non posso spiegarvelo.

Comunque, ecco come mi sento... eppure mi sono rifiutata di sposarlo.

Non gli ho detto il perché; sono rimasta semplicemente muta e triste. Non riuscivo a pensare a cosa dire. E ora è andato via pensando che voglio sposare Jimmie McBride... non è così in fondo, non penserei di sposare Jimmie; non è abbastanza maturo. Ma il signorino Jervie e io ci siamo trovati in un terribile pasticcio di equivoci, e abbiamo ferito entrambi i sentimenti dell'altro. La ragione per cui l'ho mandato via non è perché non m'interessava, ma perché mi interessava troppo. Temevo che se ne sarebbe pentito in futuro... e non lo potevo sopportare! Non mi sembrava giusto che una persona senza antenati facesse parte di una famiglia come la sua. Non gli ho mai detto dell'orfanotrofio, e detestavo spiegargli che non so chi sono. Potrei essere *terribile*, sapete.[202] E la sua famiglia è orgogliosa... e lo sono anch'io!

Mi sento anche un po' legata a voi. Dopo essere stata educata per diventare una scrittrice, devo cercare di esserlo in fondo; sarebbe poco corretto accettare la vostra istruzione e poi perdere l'interesse e non utilizzarla. Ma

---

[202] Nel senso che le sue origini potrebbero essere infime, potrebbe essere nata, per esempio, da un rapporto occasionale o al di fuori del matrimonio.

ora che sarò in grado di restituirvi il denaro, sento che ho saldato in parte il debito… inoltre, suppongo che potrei continuare a diventare una scrittrice anche se mi sposassi. Le due professioni non si escludono necessariamente.

Ci ho pensato moltissimo. Certamente è un Socialista, e ha le sue idee non convenzionali; forse non è un problema per lui sposare una proletaria tanto quanto potrebbe esserlo per alcuni uomini. Forse quando due persone vanno perfettamente d'accordo, e sono sempre felici quando sono insieme e tristi quando sono separati, non dovrebbero permettere a niente al mondo di mettersi tra loro. Ovviamente *voglio* credere che sia così! Ma vorrei ricevere la vostra disinteressata opinione. Probabilmente appartenete anche voi a una Famiglia importante, e considerereste ciò da un punto di vista mondano e non solo da un punto di vista empatico, umano… quindi vedete quanto sono coraggiosa a parlarne con voi.

Supponete che io vada da lui e gli spieghi che il problema non è Jimmie, ma è l'Istituto John Grier… sarebbe una cosa terribile da fare? Richiederebbe moltissimo coraggio. Preferirei essere infelice per il resto della mia vita.

Questo è accaduto quasi due mesi fa; non ho ricevuto una parola da parte sua da quando è stato qui. Mi stavo solo abituando alla sensazione del cuore infranto, quando una lettera arrivata da Julia mi ha risvegliata di nuovo. Diceva – molto casualmente – che «Zio Jervis» era stato colto da una tempesta durante la notte mentre era a caccia in Canada, e da allora si è ammalato di polmonite. E non l'ho mai saputo. Mi sono sentita ferita perché era appena scomparso nel nulla senza nemmeno una parola. Penso che sia abbastanza infelice, e so che io lo sono!

Quale vi sembra la miglior cosa da fare?

JUDY

6 ottobre

Carissimo Papà Gambalunga,

Sì, certamente verrò ... alle quattro e mezzo il prossimo mercoledì pomeriggio. *Certo* che troverò la strada. Sono stata a New York tre volte e non sono più una bambina. Non posso credere che vi vedrò davvero ... vi ho solo pensato così a lungo che sembrava quasi impossibile che foste una persona tangibile in carne e ossa.

Siete incredibilmente buono, Papà, a disturbarvi per me, quando non siete ancora in forze. Fate attenzione e non prendete infreddature. Queste piogge autunnali sono molto umide.

Con affetto,
JUDY

P.S. Ho appena avuto un terribile pensiero. Avete un maggiordomo? Ho paura dei maggiordomi, e se uno di loro aprisse la porta potrei svenire sul gradino d'ingresso. Cosa gli dovrò dire? Non mi avete detto il vostro nome. Dovrei chiedere del signor Smith?

Mio carissimo signorino Jervie–Papà Gambalunga–Pendleton–Smith,

Avete riposato la scorsa notte? Io no. Nemmeno un singolo istante. Ero troppo stupefatta ed eccitata e meravigliata e felice. Non credo che dormirò mai di nuovo... o mangerò. Ma spero che voi abbiate dormito; dovete farlo, sapete, perché così vi rimetterete assai più velocemente e potrete venire da me.

Caro, non riesco a sopportare di pensare quanto siete stato malato... e per tutto il tempo non l'ho mai saputo. Quando il dottore è sceso ieri per accompagnarmi al taxi, mi ha detto che per tre giorni avevano perduto ogni speranza. Oh, mio adorato, se ciò fosse accaduto, la luce se ne sarebbe andata dal mondo per me. Suppongo che un giorno – in un futuro lontano – uno di noi debba lasciare l'altro; ma perlomeno dovremmo aver avuto la nostra parte di felicità e ci saranno bei ricordi con cui convivere.

Volevo risollevarvi... e invece devo risollevare me stessa. Perché invece di essere più felice di quanto avrei potuto mai sognare, sono anche più seria. La paura che qualcosa vi possa accadere grava come un'ombra sul mio cuore. Prima riuscivo sempre a essere frivola e spensierata e disinteressata, perché non avevo nulla di prezioso da perdere. Ma ora... avrò per il resto della mia vita una Grandissima Paura. Ogni volta che sarete lontano da me penserò a tutte le automobili che vi possono investire, o alle insegne che possono cadere sulla vostra testa o ai terribili germi attorcigliati che potreste aver ingoiato. La pace della mia mente se n'è andata via per sempre... ma comunque, non mi è mai interessata molto una semplice pace.

Vi prego di riprendervi... velocemente... velocemente... velocemente. Voglio avervi vicino dove posso toccarvi ed essere sicura che siete tangibile. Che misera mezz'ora abbiamo trascorso insieme! Temo di averla sognata forse. Se almeno fossi un membro della vostra famiglia (una cugina di quarto grado molto lontana) a quel punto sarei potuta venire e farvi visita ogni giorno, e leggervi ad alta voce e sprimacciare il vostro cuscino e appianare quelle due rughette sulla vostra fronte e far arricciare gli angoli della vostra bocca in un bel sorriso allegro. Ma siete di nuovo allegro, vero? Lo siete stato ieri prima che me ne andassi. Il dottore ha detto che sarei una buona infermiera, che sembravate di dieci anni più giovane. Spero che essere innamorato non renda tutti più giovani di dieci anni. Mi vorreste sempre bene, tesoro, se dimostrassi di avere solo undici anni?

Ieri è stato il giorno più meraviglioso che potessi vivere. Se anche vivessi fino a novantanove anni non ne dimenticherei mai il più piccolo particolare. La ragazza che ha lasciato Lock Willow all'alba era una persona assai diversa da quella che è tornata di sera. La signora Semple mi ha svegliata alle quattro e mezza. Sono sobbalzata del tutto sveglia nel buio e il primo pensiero che mi è balenato in testa è stato: «Incontrerò Papà Gambalunga!» Ho fatto colazione in cucina a lume di candela, e poi ho percorso cinque miglia[203] fino alla stazione tra i colori più splendidi di ottobre. Il sole è sorto lungo la strada, e gli aceri rossi e il corniolo risplendevano di cremisi e di arancione e le mura in pietra e i campi di granturco scintillavano per la brina gelata; l'aria era tagliente e limpida e piena di promesse. *Sapevo* che qualcosa stava per accadere. Lungo il viaggio in treno i binari continuavano a cantare: «Incontrerai Papà Gambalunga.» Mi faceva sentire sicura. Avevo una tale fede nella capacità di Papà di sistemare le cose. E sapevo che in qualche altro luogo un altro uomo – più caro di Papà – voleva vedermi, e in qualche modo avevo la sensazione che prima che il viaggio terminasse avrei incontrato anche lui. E vedete!

Quando sono arrivata presso la casa in Madison Avenue sembrava così grande e marrone e minacciosa che non avevo il coraggio di entrare, quindi ho camminato attorno all'isolato per farmi coraggio. Ma non avevo motivo per essere neanche un po' spaventata; il vostro maggiordomo è un vecchio uomo così gentile, paterno che mi ha fatta sentire a casa immediatamente. «Siete voi la signorina Abbott?» mi ha detto, e io: «Sì», quindi non ho avuto bisogno di chiedere del

---

[203] 8 km.

signor Smith dopotutto. Mi ha detto di attendere nel salotto. Era un tipo di stanza da uomo molto austera, magnifica. Mi sono seduta in cima a una grande sedia rivestita e ho continuato a dire a me stessa:

«Incontrerò Papà Gambalunga! Incontrerò Papà Gambalunga!»

Poco dopo l'uomo è ritornato e mi ha pregata di andare nella biblioteca. Ero così eccitata che in verità i miei piedi a malapena mi reggevano. Fuori dalla porta si è voltato e ha sussurrato: «È stato molto malato, signorina. Questo è il primo giorno in cui gli è permesso di stare seduto. Non vi tratterrete troppo a lungo da affaticarlo, vero?». Sapevo dal modo in cui lo diceva che vi voleva bene … e penso che sia un caro vecchio!

Poi ha bussato alla porta e ha detto: «La signorina Abbott» e sono entrata e la porta si è chiusa alle mie spalle.

Era così scuro, venendo dalla sala fortemente illuminata, che per un momento sono riuscita a malapena a distinguere le cose; poi ho visto una grande poltrona davanti al camino e uno scintillante tavolino da tè con accanto una sedia più piccola. E ho realizzato che c'era un uomo seduto sulla sedia grande sostenuto da cuscini con una coperta sulle gambe. Prima che potessi fermarlo si è alzato – in modo un po' traballante – e si è raddrizzato dalla spalliera della sedia e mi ha semplicemente guardata senza una parola. E poi … e poi … ho visto che eravate voi! Ma anche in quel momento non avevo capito. Pensavo che Papà vi avesse fatto andare lì a incontrarmi per fare una sorpresa.

Poi avete riso e steso la mano e detto: «Cara piccola Judy, non riuscivate a indovinare che ero Papà Gambalunga?»

In un istante mi è stato tutto chiaro. Oh, quanto sono stata sciocca! Cento piccole cose avrebbero potuto dirmelo, se solo avessi avuto buon senso. Non sarei un'ottima detective, vero, Papà?... Jervie? Come vi devo chiamare? Semplicemente Jervie suona irrispettoso, e non posso essere irrispettosa nei vostri confronti!

Abbiamo passato una mezz'ora molto dolce prima che il vostro dottore entrasse e mi mandasse via. Ero così confusa quando sono arrivata alla stazione che ho quasi preso il treno per St. Louis. E anche voi eravate abbastanza confuso. Avete dimenticato di offrirmi il tè. Ma eravamo entrambi molto, molto felici, vero? Sono ritornata a Lock Willow con il buio... ma oh, come scintillavano le stelle! E questa mattina sono stata fuori con Colin a visitare tutti i posti in cui siamo stati insieme, e a ricordare cos'avete detto e come lo dicevate. I boschi oggi erano di un bronzo brunito e l'aria gelida. È un clima *da arrampicata*. Vorrei che foste qui per salire sulle colline con me. Mi mancate terribilmente, Jervie caro, ma è un genere di mancanza felice; staremo presto insieme. Ora apparteniamo l'uno all'altra veramente e sinceramente, nessuna finzione. Non sembra strano che alla fine io appartenga a qualcuno? Sembra una cosa molto, molto dolce.

E non lascerò mai che siate infelice, neanche per un istante.

Vostra, ora e per sempre,

JUDY

P.S. Questa è la prima lettera d'amore che io abbia mai scritto. Non è strano che sappia come si fa?

FINE

INDICE

Introduzione.. 5

Un Deprimente Mercoledì................................... 15

Le lettere della signorina Jerusha Abbott al signor
Papà Gambalunga Smith...................................... 27

Nella collana *I Classici Ritrovati*, diretta da Enrico De Luca, sono proposti classici, più o meno noti, della Letteratura Universale in edizioni la cui caratteristica principale risiede nella cura con la quale sono stati confezionati i testi, sempre rigorosamente integrali e corredati da apparati di note che ne consentono una migliore e più profonda comprensione. Solo così, infatti, è possibile ritrovare quel piacere che scaturisce da una lettura rispettosa di opere letterarie senza tempo, che ci parlano in una lingua e con uno stile diversi da quelli contemporanei, ma che sanno trasmetterci emozioni, consigli e godimento estetico come nessun altro libro è in grado di fare.

I Classici Ritrovati

1. Charles Dickens IL GRILLO DEL FOCOLARE
2. Charles Dickens A CHRISTMAS CAROL
3. Edmondo De Amicis L'ULTIMO AMICO
4. Jean Webster PAPÀ GAMBALUNGA
5. Lucy Maud Montgomery LA STANZA ROSSA E ALTRE STORIE DI FANTASMI (in preparazione)

11735262R00158